名家美文经典文库

徐志摩
海滩上种花

徐志摩 著

品悦经典童书馆 选编

新疆青少年出版社

图书在版编目（CIP）数据

海滩上种花 / 徐志摩著；品悦经典童书馆选编. ——
乌鲁木齐：新疆青少年出版社，2021.6
（现代名家美文经典文库）
ISBN 978-7-5590-7433-1

Ⅰ.①海… Ⅱ.①徐…②品… Ⅲ.①散文集—中国
—现代 Ⅳ.①I266

中国版本图书馆CIP数据核字（2021）第052402号

海滩上种花
HAITAN SHANG ZHONG HUA

徐志摩 著　品悦经典童书馆 选编

出　　版	新疆青少年出版社
社　　址	乌鲁木齐市北京北路29号
电　　话	0991—7833940（编辑部）
发　　行	新疆青少年出版社营销中心
经　　销	各地新华书店
印　　刷	三河市金泰源印务有限公司
法律顾问	王冠华 18699089007
开　　本	787mm×1092mm　1/16
印　　张	13
版　　次	2021年6月第1版
印　　次	2021年6月第1版第1次印刷
书　　号	ISBN 978-7-5590-7433-1
定　　价	35.00元

新疆青少年出版社官网　http://www.qingshao.net
新疆青少年出版社天猫旗舰店　http://xjqss.tmall.com

CHISO SINCE 1956 新疆青少年出版社

（版权所有，侵权必究）

写在前面

翻开这套书时，先来了解一下它们的缔造者吧。不管你之前是不是认识他们，不管你之前有没有听说过他们，现在，马上，或许在一分钟之后，你就能触及他们的心灵……

在你心中，有没有这样一个梦想：成为一名大作家，用文字来充实自己的人生，影响一代又一代的人。那么，你有没有想过，要想成为一个大作家，到底需要什么样的"功力"呢？答案很简单，那就是向文学大师们学习，从他们留下的经典篇章中汲取营养。

每一篇经典文章，都是大师智慧的结晶。有一些你耳熟能详，倒背如流；有一些你闻所未闻，见所未见。不过，每一个灵动的文字，每一句睿智的话语，都是大师留下的一串串脚印，指引你在浩瀚无垠的书海中一步一步向前走，收获最独到的智慧，最奇特的灵感，最真挚的感动……

请记住，他们是——

沉郁雄浑的鲁迅；

睿智幽默的老舍；

温润如玉的胡适；

细腻敏锐的萧红；

淳朴淡泊的朱自清；

朴实睿智的许地山；

浪漫忧郁的徐志摩；

矜持缄默的林徽因；

唯美忧伤的王尔德；

纯美绚烂的泰戈尔；

……

一个人在一生中，阅读这些经典的文章，不仅可以获得美的享受，还可以汲取其中的思想精华，习得作者的写作技巧。

所以，我们精心撷取了中外现当代百年时光中的一些大师的经典文章，让你们领略阅读之趣、经典之美。这些文章，不光有启迪的色彩，更有智慧的空间，帮助我们积蓄奋斗的力量，汲取改变命运的勇气，找到人生的真谛……

编　者

作者简介

徐志摩（1897—1931）现代诗人、散文家。原名章垿，字槱森，后改志摩。

徐志摩是徐家的长孙独子，他勤奋好学又天资聪明，在硖石开智学堂念书时，成绩总是全班第一。之后，徐志摩去北方上大学，亲眼目睹军阀屠杀无辜的惨象，便决定去国外留学，寻求改变现实中国的药方。

在美国留学期间，徐志摩进克拉克大学仅十个月就毕业，获得学士学位和一等荣誉奖；在哥伦比亚大学初读经济系，因受"五四"革命运动浪潮的影响，他的学习兴趣由政治转向文学，因而获得文学硕士学位。

经过百般辗转，他来到了英国剑桥大学。

在这里，他深深感到"大自然的优美，宁静，调谐在这星光与波光的默契中不期然的淹入了你的性灵"，寄情于康桥，沉迷于大自然。

在这里，他诗兴大发，创作很多诗歌，他的"心灵革命的怒潮，尽冲泻在你妩媚河中的两岸"最为经典。

回国后，徐志摩更是大展拳脚，与胡适、陈西滢等创办《现代诗评》周刊，主编《晨报》副刊《诗镌》，与闻一多、朱湘等人开展新诗格律化运动，和胡适、闻一多等人创立"新月书店"、创办《新月》杂志，等等。

目录

印度洋上的秋思	1
北戴河海滨的幻想	13
泰山日出	18
翡冷翠山居闲话	22
意大利的天时小引	27
我所知道的康桥	30
丑西湖	46
泰戈尔	53
济慈的夜莺歌	62
拜伦	79
罗曼·罗兰	94
我过的端阳节	104
一封信	108
"迎上前去"	114
想飞	122
海滩上种花	128
自剖	139
再剖	148
这是风刮的	155
秋	159
罗素又来说话了	177
吊刘叔和	193

印度洋上的秋思

中秋节的那夜晚,"我"在一艘行驶在印度洋上的邮船上,不能与家人团聚的情形不免让我的思绪乱了起来:我想到了小的时候等看"月华",想到了印度小村落里的一对醉情男女,想到了别院里的安眠的小孩,想到了孤独衰老的妇人,想到了威尔士的矿工……

更何况,银白色的月亮隔着淡淡的云朵与雾霭,斜挂在"我"的头上,看起来就像是一个美丽的少女带了一层藕灰色的薄纱,轻轻地叹着悲愁的气息,眼角上还有几抹未擦干的泪水。"我"的情绪被彻底地激起,血液汹涌地奔突着,心脏紊乱地蹦跳,同时也嗅到了辛酸的味道……

海滩上种花

昨夜中秋。黄昏时西天挂下一大帘的云母屏,掩住了落日的光潮,将海天一体化成暗蓝色,寂静得如黑衣尼在圣座前默祷。过了一刻,即听得船梢布篷上窸窸窣窣啜泣起来,低压的云夹着迷蒙的雨色,将海线逼得像湖一般窄,沿边的黑影,也辨认不出是山是云,但涕泪的痕迹,却满布在空中水上。

又是一番秋意!那雨声在急骤之中,有零落萧疏的况味,连着阴沉的气氲,只是在我灵魂的耳畔私语道:"秋!"我原来无欢的心境,抵御不住那样温婉的浸润,也就开放了春夏间所积受的秋思,和此时外来的怨艾构合,产出一个弱的婴儿——"愁"。

天色早已沉黑,雨也已休止。但方才啜泣的云,还疏松地幕在天空,只露着些惨白的微光,预告明月已经装束齐整,专等开幕。同时船烟正在莽莽苍苍地吞吐,筑成一座蟒鳞的长桥,直联及西天尽处,和轮船泛出的一流翠波白沫,上下对照,留恋西来的踪迹。

北天云幕豁处,一颗鲜翠的明星,喜孜孜地先来问探消息,像新嫁媳的侍婢,也穿扮得遍体光艳。但新娘依然姗姗未出。

我小的时候,每于中秋夜,呆坐在楼窗外等看"月华"。若然天上有云雾缭绕,我就替"亮晶晶的月亮"担忧。若然见了鱼鳞似的云彩,我的小心就欣欣怡悦,默祷着月儿快些开花,因为我常听人说只要有"瓦楞"云,就有月华;但在月光放彩以前,我母亲早已逼我去上床,所以月华只是我脑筋里一个不曾实现的想象，直到如今。

现在天上砌满了瓦楞云彩，霎时间引起了我早年许多有趣的记忆——但我的纯洁的童心，如今哪里去了！

月光有一种神秘的引力。她能使海波咆哮，她能使悲绪生潮。月下的喟息可以结聚成山，月下的情泪可以培时百亩的畹兰，千茎的紫琳耿。我疑悲哀是人类先天的遗传，否则，何以我们儿年不知悲感的时期，有时对着一泻的清辉，也往往凄心滴泪呢？

但我今夜却不曾流泪。不是无泪可滴，也不是文明教育将我最纯洁的本能锄净，却为是感觉了神圣的悲哀，将我理解的好奇心激动，想学契古特白登①来解剖这神秘的"眸冷骨累"。冷的智永远是热的情的死仇。他们不能相容的。

但在这样浪漫的月夜，要来练习冷酷的分析，似乎不近人情！所以我的心机一转，重复将锋快的智力剧起，让沉醉的情泪自然流转，听他产生什么音乐，让绻缱的诗魂漫自低回，看他寻出什么梦境。

明月正在云岩中间，周围有一圈黄色的彩晕，一阵阵的轻霭，在她面前扯过。海上几百道起伏的银沟，一齐在微叱凄其的音节，此外不受清辉的波域，在暗中愤愤涨落，不知是怨是慕。

我一面将自己一部分的情感，看入自然界的现象，一面拿着

---

① 契古特白登，通译夏多勃里昂（Chateaubriand，1768—1848），法国作家，著有《阿达拉》《勒奈》等。其作品带有宗教感与原始主义意味。

海滩上种花

纸笔，痴望着月彩，想从她明洁的辉光里，看出今夜地面上秋思的痕迹，希冀她们在我心里，凝成高洁情绪的菁华。因为她光明的捷足，今夜遍走天涯，人间的恩怨，哪一件不经过她的慧眼呢？

印度的Ganges（埂奇）河边有一座小村落，村外一个榕绒密绣的湖边，坐着一对情醉的男女，他们中间草地上放着一尊古铜香炉，烧着上品的水息，那温柔婉恋的烟篆，沉馥香浓的热气，便是他们爱感的象征月光从云端里轻俯下来，在那女子脑前的珠串上，水息的烟尾上，印下一个慈吻，微哂，重复登上她的云艇，上前驶去。

一家别院的楼上，窗帘不曾放下，几枝肥满的桐叶正在玻璃上摇曳斗趣，月光窥见了窗内一张小蚊床上紫纱帐里，安眠着一个安琪儿似的小孩，她轻轻挨进身去，在他温软的眼睫上，嫩桃似的腮上，抚摩了一会儿。又将她银色的纤指，理齐了他脐圆的额发，蔼然微哂着，又回她的云海去了。

一个失望的诗人，坐在河边一块石头上，满面写着幽郁的神情，他爱人的仙影，在他胸中像河水似的流动，他又不能在失望的渣滓里榨出些微甘液，他张开两手，仰着头，让大慈大悲的月光，那时正在过路，洗沐他泪腺湿肿的眼眶，他似乎感觉到清心的安慰，立即摸出一支笔，在白衣襟上写道：

月光，

　　你是失望儿的乳娘！

　　面海一座柴屋的窗棂里，望得见屋里的内容：一张小桌上放着半块面包和几条冷肉，晚餐的剩余，窗前几上开着一本家用的圣经，炉架上两座点着的烛台，不住地在流泪，旁边坐着一个皱面驼腰的老妇人，两眼半闭不闭地落在伏在她膝上悲泣的一个少妇，她的长裙散在地板上像一只大花蝶。老妇人掉头向窗外望，只见远远海涛起伏，和慈祥的月光在拥抱密吻，她叹了声气向着斜照在圣经上的月彩嗫道：

　　"真绝望了！真绝望了！"

　　她独自在她精雅的书室里，把灯火一齐熄了，倚在窗口一架藤椅上，月光从东墙肩上斜泻下去，笼住她的全身，在花砖上幻出一个窈窕的倩影，她两根垂鬖的发梢，她微澹的媚唇，和庭前几茎高峙的玉兰花，都在静谧的月色中微颤，她加她的呼吸，吐出一股幽香，不但邻近的花草，连月儿闻了，也禁不住迷醉，她腮边天然的妙涡，已有好几日不圆满：她瘦损了。但她在想什么呢？月光，你能否将我的梦魂带去，放在离她三五尺的玉兰花枝上。

海滩上种花

威尔斯①西境一座矿床附近,有三个工人,口衔着笨重的烟斗,在月光中间坐。他们所能想到的话都已讲完,但这异样的月彩,在他们对面的松林,左首的溪水上,平添了不可言语比说的妩媚,唯有他们工余倦极的眼珠不阖,彼此不约而同今晚较往常多抽了两斗的烟,但他们矿火熏黑,煤块擦黑的面容,表示他们心灵的薄弱,在享乐烟斗以外,虽然秋月溪声的戟刺,也不能有精美情绪之反感。等月影移西一些,他们默默地扑出了一斗灰,起身进屋,各自登床睡去。

月光从屋背飘眼望进去,只见他们都已睡熟;他们即使有梦,也无非矿内矿外的景色!

月光渡过了爱尔兰海峡,爬上海尔佛林的高峰,正对着静默的红潭。潭水凝定得像一大块冰,铁青色。四周斜坦的小峰,全都满铺着蟹青和蛋白色的岩片碎石,一株矮树都没有。沿潭间有些丛草,那全体形势,正像一大青碗,现在满盛了清洁的月辉,静极了,草里不闻虫吟,水里不闻鱼跃;只有石缝里潜涧沥淅之声,断续地作响,仿佛一座大教学里点着一星小火,益发对照出静穆宁寂的境界,月儿在铁色的潭面上,倦倚了半晌,重复拔起她的银泻,过山去了。

昨天船离了新加坡以后,方向从正东改为东北,所以前几天

---

① 威尔斯,通译威尔士,英国本岛西南部的一块地方。

吃过晚饭上甲板的时候，船右一海银波，在犀利之中涵有幽谧的彩色，凄清的表情，引起了我的凝视。那放银光的圆球正挂在你头上，如其起靠着船头仰望。

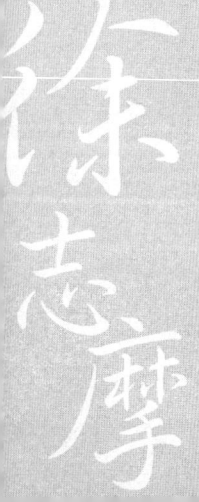

的船梢正对落日，此后"晚霞的工厂"渐渐移到我们船向的左手来了。

昨夜吃过晚饭上甲板的时候，船右一海银波，在犀利之中涵有幽谧的彩色，凄清的表情，引起了我的凝视。

那放银光的圆球正挂在你头上，如其起靠着船头仰望。她今夜并不十分鲜艳：她精圆的芳容上似乎轻笼着一层藕灰色的薄纱；轻漾着一种悲咺的音调；轻染着几痕泪化的雾霭。她并不十分鲜艳，然而她素洁温柔的光线中，犹之少女浅蓝妙眼的斜瞟；犹之春阳融解在山巅白云反映的嫩色，含有不可解的迷力，媚态，世间凡具有感觉性的人，只要承沐着她的清辉，就发生也是不可理解的反应，引起隐复的内心境界的紧张——像琴弦一样——人生最微妙的情绪，戟震生命所蕴藏高洁名贵创现的冲动。有时在心理状态之前，或于同时，撼动躯体的组织，使感觉血液中突起冰流之冰流；嗅神经难禁之酸辛，内藏汹涌之跳动，泪腺之骤热与润湿。那就是秋月兴起的秋思——愁。

昨晚的月色就是秋思的泉源，岂止，直是悲哀幽骚悱怨沉郁的象征，是季候运转的伟剧中最神秘亦最自然的一幕，诗艺界最凄凉亦最微妙的一个消息。

今夜月明人尽望，不知秋思在谁家。

中国字形具有一种独一的妩媚，有几个字的结构，我看来纯

海滩上种花

是艺术家的匠心：这也是我们国粹之尤粹者之一。譬如"秋"字，已经是一个极美的字形："愁"字更是文字史上有数的杰作；有石开湖晕，风扫松针的妙处，这一群点画的配置，简直经过柯罗[①]的画篆，米仡朗其罗[②]的雕圭，Chopin[③]的神感；像——用一个科学的比喻——原子的结构，将旋转宇宙的大力收缩成一个无形无踪的电核；这十三笔造成的象征，似乎是宇宙和人生悲惨的现象和经验，吁喟和涕泪，所凝成最纯粹精密的结晶，满充了催迷的秘力。你若然有高蒂闲[④]（Gautier）异超的知感性，定然可以梦到，愁字变形为秋霞黯绿色的通明宝玉，若用银槌轻击之，当吐银色的幽咽电蛇似腾入云天。

我并不是为寻秋意而看月，更不是为觅新愁而访秋月；蓄意沉浸于悲哀的生活，是丹德[⑤]所不许的。我盖见月而感秋色，因秋窗而拈新愁：人是一簇脆弱而富于反射性的神经！

我重复回到现实的景色，轻裹在云锦之中的秋月，像一个遍体蒙纱的女郎，她那团圆清朗的外貌像新娘，但同时她幂弦的颜色，那是藕灰，她踟蹰的行踵，掩泣的痕迹，又使人疑是送丧的丽姝。所以我曾说：

[①] 柯罗（1796—1875），法国画家。
[②] 米仡朗其罗，通译米开朗基罗（1475—1564），意大利文艺复兴盛期的雕塑家、画家。
[③] Chopin，通译肖邦（1810—1849），波兰作曲家、钢琴演奏家。
[④] 高蒂闲，通译戈蒂埃（1811—1872），法国诗人、小说家、批评家。
[⑤] 丹德，通译但丁（1265—1321），意大利诗人，著有《神曲》等。

秋月呀？

我不盼望你团圆。

这是秋月的特色，不论她是悬在落日残照边的新镰，与"黄昏晓"竞艳的眉钩，中宵斗没西陲的金碗，星云参差间的银床，以至一轮腴满的中秋，不论盈昃高下，总在原来澄爽明秋之中，遍洒着一种我只能称之为"悲哀的轻霭"和"传愁的以太"。

即使你原来无愁，见此也禁不得沾染那"灰色的音调"，渐渐兴感起来！

秋月呀！
谁禁得起银指尖儿
浪漫地搔爬呵！

不信但看那一海的轻涛，可不是禁不住她一指的抚摩，在那里低徊饮泣呢！就是那：

无聊的云烟，
秋月的美满，
熏暖了飘心冷眼，

海滩上种花

也清冷地穿上了轻缟的衣裳,
来参与这
美满的婚姻和丧礼。

十月六日志摩

（原刊1922年12月29日《晨报副刊》）

北戴河海滨的幻想

　　躺在前廊下的大椅子上,"我"半阖着眼,看着远处的海。只见,海波黄蓝相间,欣然地跳着舞。海滩边,时不时的有雪白的浪花涌起又退去。海面上,小舟与浴客像是欢快的水禽,无忧无虑地玩耍着、漂浮着。

　　然而,"我"却不觉得欢快愉悦。因为,就在这欢快的时刻,"我"想到了青年的命运。"我"知道青年是趋向叛逆的,爱好冒险,争取自由,爱搏狂澜,追求生命的价值。"我"也看到,现在的青年快要"萎蔫"了,他们的梦想已经幻灭,只留存余烬与残灰,在余温里自伤与自慰。

　　那么,我们该怎么办呢?

海滩上种花

他们都到海边去了。我为左眼发炎不曾去。我独坐在前廊，偎坐在一张安适的大椅内，袒着胸怀，赤着脚，一头的散发，不时有风来撩拂。清晨的晴爽，不曾消醒我初起时睡态；但梦思却半被晓风吹断。我阖紧眼帘内视，只见一斑斑消残的颜色，一似晚霞的余赭，留恋地胶附在天边。廊前的马樱、紫荆、藤萝、青翠的叶与鲜红的花，都将他们的妙影映印在水汀上，幻出幽媚的情态无数；我的臂上与胸前，亦满缀了绿荫的斜纹。从树荫的间隙平望，正见海湾：海波亦似被晨曦唤醒，黄蓝相间的波光，在欣然地舞蹈。滩边不时见白涛涌起，迸射着雪样的水花。浴线内点点的小舟与浴客，水禽似的浮着；幼童的欢叫，与水波拍岸声，与潜涛呜咽声，相间的起伏，竞报一滩的生趣与乐意。但我独坐的廊前，却只是静静的，静静的无甚声响。妩媚的马樱，只是幽幽地微辗着，蝇虫也敛翅不飞。只有远近树里的秋蝉，在纺纱似的垂引他们不尽的长吟。

在这不尽的长吟中，我独坐在冥想。难得是寂寞的环境，难得是静定的意境；寂寞中有不可言传的和谐，静默中有无限的创造。我的心灵，比如海滨，生平初度的怒潮，已经渐次的消翳，只剩有疏松的海砂中偶尔的回响，更有残缺的贝壳，反映星月的辉芒。此时摸索潮余的斑痕，追想当时汹涌的情景，是梦或是真，再亦不须辨问，只此眉梢的轻皱，唇边的微哂，已足解释无穷奥绪，深深地蕴伏在灵魂的微纤之中。

青年永远趋向反叛，爱好冒险；永远如初度航海者，幻想黄金机缘于浩渺的烟波之外：想割断系岸的缆绳，扯起风帆，欣欣地投入无垠的怀抱。他厌恶的是平安，自喜的是放纵与豪迈。无颜色的生涯，是他目中的荆棘；绝海与凶巚，是他爱取自由的途径。他爱折玫瑰；为她的色香，亦为她冷酷的刺毒。他爱搏狂澜：为他的庄严与伟大，亦为他吞噬一切的天才，最是激发他探险与好奇的动机。他崇拜冲动：不可测，不可节，不可预逆，起，动，消歇皆在无形中，狂飙似的倏忽与猛烈与神秘。他崇拜斗争：从斗争中求剧烈的生命之意义，从斗争中求绝对的实在，在血染的战阵中，呼叫胜利之狂欢或歌败丧的哀曲。

幻象消灭是人生里命定的悲剧；青年的幻灭，更是悲剧中的悲剧，夜一般的沉黑，死一般的凶恶。纯粹的，猖狂的热情之火，不同阿拉伯的神灯，只能放射一时的异彩，不能永久地朗照；转瞬间，或许，便已敛熄了最后的焰舌，只留存有限的余烬与残灰，在未灭的余温里自伤与自慰。

流水之光，星之光，露珠之光，电之光，在青年的妙目中闪耀，我们不能不惊讶造化者艺术之神奇，然可怖的黑影，倦与衰与饱餍的黑影，同时亦紧紧地跟着时日进行，仿佛是烦恼、痛苦、失败，或庸俗的尾曳，亦在转瞬间，彗星似的扫灭了我们最自傲的神辉——流水涸，明星没，露珠散灭，电闪不再！

在这艳丽的日辉中，只见愉悦与欢舞与生趣，希望，闪烁的

海滩上种花

希望，在荡漾，在无穷的碧空中，在绿叶的光泽里，在虫鸟的歌吟中，在青草的摇曳中——夏之荣华，春之成功。春光与希望，是长驻的；自然与人生，是调谐的。

在远处有福的山谷内，莲馨花在坡前微笑，稚羊在乱石间跳跃，牧童们，有的吹着芦笛，有的平卧在草地上，仰看交幻的浮游的白云，放射下的青影在初黄的稻田中缥缈地移过。在远处安乐的村中，有妙龄的村姑，在流涧边照映她自制的春裙；口衔烟斗的农夫三四，在预度秋收的丰盈，老妇人们坐在家门外阳光中取暖，她们的周围有不少的儿童，手擎着黄白的钱花在环舞与欢呼。

在远——远处的人间，有无限的平安与快乐，无限的春光……

在此暂时可以忘却无数的落蕊与残红；亦可以忘却花荫中掉下的枯叶，私语地预告三秋的情意；亦可以忘却苦恼的僵瘪的人间，阳光与雨露的殷勤，不能再恢复他们腮颊上生命的微笑，亦可以忘却纷争的互杀的人间，阳光与雨露的仁慈，不能感化他们凶恶的兽性；亦可以忘却庸俗的卑琐的人间，行云与朝露的丰姿，不能引逗他们刹那的凝视；亦可以忘却自觉的失望的人间，绚烂的春时与媚草，只能反激他们悲伤的意绪。

我亦可以暂时忘却我自身的种种；忘却我童年期清风白水似的天真；忘却我少年期种种虚荣的希冀；忘却我渐次的生命的觉悟；忘却我热烈的理想的寻求；忘却我心灵中乐观与悲观的斗争；忘却我攀登文艺高峰的艰辛；忘却刹那的启示与彻悟之神

奇；忘却我生命潮流之骤转；忘却我陷落在危险的旋涡中之幸与不幸；忘却我追忆不完全的梦境；忘却我大海底里埋首的秘密；忘却曾经刳割我灵魂的利刃，炮烙我灵魂的烈焰，摧毁我灵魂的狂飙与暴雨；忘却我的深刻的怨与艾；忘却我的冀与愿；忘却我的恩泽与惠感；忘却我的过去与现在……

过去的实在，渐渐地膨胀，渐渐地模糊，渐渐地不可辨认；现在的实在，渐渐地收缩，逼成了意识的一线，细极狭极的一线，又裂成了无数不相联续的黑点……黑点亦渐次的隐翳？幻术似的灭了，灭了，一个可怕的黑暗的空虚……

（原刊1924年6月21日《晨报副刊·文学旬刊》，收入《落叶》）

泰山日出

　　"我"怀着好奇心去看泰山的日出，并盼望见到与平原或海上不同的景象。"我"的盼望没有落空。

　　起初，天还暗沉沉的，西方是一片铁青色，东方微有些鱼白，天地浑然一体。接着，"我"看到除日观峰与玉皇峰之外，东西南北都弥漫在茫茫的云海中，感觉到了自己的渺小。

　　随着太阳升起，"我"感觉到了自己也渐渐地变大——那是心灵的震撼——沉寂之后的爆发：东方突显瑰丽的色彩，唤醒了四隅的朝霞，云海发出长长的呼啸，光明普照了大地……

振铎来信要我在《小说月报》的泰戈尔号上说几句话。我也曾答应了,但这一时游济南游泰山游孔陵,太乐了,一时竟拉不拢心思来做整篇的文字,一直挨到现在期限快到,只得勉强坐下来,把我想得到的话不整齐地写出。

我们在泰山顶上看出太阳。在航过海的人,看太阳从地平线下爬上来,本不是奇事;而且我个人是曾饱饫过江海与印度洋无比的日彩的。但在高山顶上看日出,尤其在泰山顶上,我们无餍的好奇心,当然盼望一种特异的境界,与平原或海上不同的。果然,我们初起时,天还暗沉沉的,西方是一片的铁青,东方些微有些白意,宇宙只是——如用旧词形容——一体莽莽苍苍的。但这是我一面感觉劲烈的晓寒,一面睡眼不曾十分醒豁时约略的印象。等到留心回览时,我不由得大声地狂叫——因为眼前只是一个见所未见的境界。原来昨夜整夜暴风的工程,却砌成一座普遍的云海。除了日观峰与我们所在的玉皇顶以外,东西南北只是平铺着弥漫的云气,在朝旭未露前,宛似无量数厚氄长绒的绵羊,交颈接背地眠着,卷耳与弯角都依稀辨认得出。那时候在这茫茫的云海中,我独自站在雾霭溟蒙的小岛上,发生了奇异的幻想——

我躯体无限地长大,脚下的山峦比例我的身量,只是一块拳石;这巨人披着散发,长发在风里像一面墨色的大旗,飒飒的在

海滩上种花

飘荡。这巨人竖立在大地的顶尖上，仰面向着东方，平拓着一双长臂，在盼望，在迎接，在催促，在默默地叫唤；在崇拜，在祈祷，在流泪——在流久慕未见而将见悲喜交互的热泪……

这泪不是空流的，这默祷不是不生显应的。

巨人的手，指向着东方——

东方有的，在展露的，是什么？

东方有的是瑰丽荣华的色彩，东方有的是伟大普照的光明——出现了，到了，在这里了……

玫瑰汁、葡萄浆、紫荆液、玛瑙精、霜枫叶——大量的染工，在层累的云底工作；无数蜿蜒的鱼龙，爬进了苍白色的云堆。

一方的异彩，揭去了满天的睡意，唤醒了四隅的明霞——光明的神驹，在热奋地驰骋……

云海也活了；眠熟了兽形的涛澜，又回复了伟大的呼啸，昂头摇尾地向着我们朝露染青馒形的小岛冲洗，激起了四岸的水沫浪花，震荡着这生命的浮礁，似在报告光明与欢欣之临莅……

再看东方——海句力士已经扫荡了他的阻碍，雀屏似的金霞，从无垠的肩上产生，展开在大地的边沿。起……起……用力，用力。纯焰的圆颅，一探再探地跃出了地平，翻登了云背，临照在天空……

歌唱呀，赞美呀，这是东方之复活，这是光明的胜利……

散发祷祝的巨人，他的身彩横亘在无边的云海上，已经渐渐地消翳在普遍的欢欣里；现在他雄浑的颂美的歌声，也已在霞采变幻中，普彻了四方八隅……

听呀，这普彻的欢声；看呀，这普照的光明！

这是我此时回忆泰山日出时的幻想，亦是我想望泰戈尔来华的颂词。

（原刊1923午9月《小说月报》第14卷第9号）

翡冷翠山居闲话

"翡冷翠"即意大利的中部城市佛罗伦萨。五月,佛罗伦萨阳光暖和,透过树叶,斑斑驳驳地洒落在肥沃的地上;五月,佛罗伦萨的风儿温驯,吹过累累果实的果树,送来一股悠远、温湿的淡香;五月,佛罗伦萨的山,近谷不生烟,远山上不起霭,秀丽的就像是一张油画。

那年的五月,"我"在美丽的佛罗伦萨游玩,居住在山中。就在那段短暂旅途休息的时间,"我"真正地领悟到了自然是伟大的一部书,在它的每页的字句里我们都能读到最深奥的消息。只要你认识这部书,你在这世界上寂寞时不寂寞,穷困时不穷困,苦恼时有安慰,挫折时有鼓励……

在这里出门散步去，上山或是下山，在一个晴好的五月的向晚，正像是去赴一个美的宴会，比如去一果子园，那边每株树上都是满挂着诗情最秀逸的果实，假如你单是站着看还不满意时，只要你一伸手就可以采取，可以恣尝鲜味，足够你性灵的迷醉。阳光正好暖和，决不过暖；风息是温驯的，而且往往因为他是从繁花的山林里吹度过来，他带来一股幽远的淡香，连着一息滋润的水气，摩挲着你的颜面，轻绕着你的肩腰，就这单纯的呼吸已是无穷的愉快；空气总是明净的，近谷内不生烟，远山上不起霭，那美秀风景的全部正像画片似的展露在你的眼前，供你闲暇的鉴赏。

做客山中的妙处，尤在你永不须踌躇你的服色与体态；你不妨摇曳着一头的蓬草，不妨纵容你满腮的苔藓；你爱穿什么就穿什么；扮一个牧童，扮一个渔翁，装一个农夫，装一个走江湖的桀卜闪①，装一个猎户；你再不必提心整理你的领结，你尽可以不用领结，给你的颈根与胸膛一半日的自由，你可以拿一条这边颜色的长巾包在你的头上，学一个太平军的头目，或是拜伦那埃及装的姿态；但最要紧的是穿上你最旧的旧鞋，别管他模样不佳，他们是顶可爱的好友，他们承着你的体重却不叫你记起你还有一双脚在你的底下。

这样的玩顶好是不要约伴，我竟想严格地取缔，只许你独

---

① 桀卜闪，通译吉卜赛人，以过游荡生活为特点的一个民族。原居印度西北部，公元十世纪前后开始到处流浪，几乎遍布全球。

海滩上种花

身；因为有了伴多少总得叫你分心，尤其是年轻的女伴，那是最危险最专制不过的旅伴，你应得躲避她像你躲避青草里一条美丽的花蛇！平常我们从自己家里走到朋友的家里，或是我们执事的地方，那无非是在同一个大牢里从一间狱室移到另一间狱室去，拘束永远跟着我们，自由永远寻不到我们；但在这春夏间美秀的山中或乡间你要是有机会独身闲逛时，那才是你福星高照的时候，那才是你实际领受，亲口尝味，自由与自在的时候，那才是你肉体与灵魂行动一致的时候；朋友们，我们多长一岁年纪往往只是加重我们头上的枷，加紧我们脚胫上的链，我们见小孩子在草里在沙堆里在浅水里打滚作乐，或是看见小猫追他自己的尾巴，何尝没有羡慕的时候，但我们的枷，我们的链永远是制定我们行动的上司！所以只有你单身奔赴大自然的怀抱时，像一个裸体的小孩扑入他母亲的怀抱时，你才知道灵魂的愉快是怎样的，单是活着的快乐是怎样的，单就呼吸单就走道单就张眼看耸耳听的幸福是怎样的。因此你得严格的为己，极端的自私，只许你，体魄与性灵，与自然同在一个脉搏里跳动，同在一个音波里起伏，同在一个神奇的宇宙里自得。我们浑朴的天真是像含羞草似的娇柔，一经同伴的抵触，他就卷了起来，但在澄静的日光下，和风中，他的姿态是自然的，他的生活是无阻碍的。

你一个人漫游的时候，你就会在青草里坐地仰卧，甚至有时打滚，因为草的和暖的颜色自然地唤起你童稚的活泼；在静僻的道上你就会不自主地狂舞，看着你自己的身影幻出种种诡异的变相，因为道旁树木的阴影在他们纡徐的婆娑里暗示你舞蹈的快乐；你也会得信口的歌唱，偶尔记起断片的音调，与你自己随口的小曲，因为树林中的莺燕告诉你春光是应得赞美的；更不必说你的胸襟自然会跟着曼长的山径开拓，你的心地会看着澄蓝的天空静定，你的思想和着山壑间的水声，山罅里的泉响，有时一澄到底的清澈，有时激起成章的波动，流，流，流入凉爽的橄榄林中，流入妩媚的阿诺河①去……

并且你不但不须伴侣，每逢这样的游行，你也不必带书。书是理想的伴侣，但你应得带书，是在火车上，在你住处的客室里，不是在你独身漫步的时候。什么伟大的深沉的鼓舞的清明的优美的思想的根源不是可以在风籁中，云彩里，山势与地形的起伏里，花草的颜色与香息里寻得？自然是最伟大的一部书，葛德②说，在他每一页的字句里我们读得最深奥的消息。并且这书上的文字是人人懂得的；阿尔帕斯③与五老峰，雪西里④与普陀

---

① 阿诺河，流经佛罗伦萨的一条河流。
② 葛德，通译歌德，德国诗人。
③ 阿尔帕斯，通译阿尔卑斯，欧洲南部的山脉，有多处景色迷人的山口，为著名旅游胜地。
④ 雪西里，通译西西里，地中海最大的的岛屿，属意大利。

海滩上种花

山，来因河①与扬子江，梨梦湖②与西子湖，建兰与琼花，杭州西溪的芦雪与威尼市③夕照的红潮，百灵与夜莺，更不提一般黄的黄麦，一般紫的紫藤，一般青的青草同在大地上生长，同在和风中波动——他们应用的符号是永远一致的，他们的意义是永远明显的，只要你自己心灵上不长疮瘢，眼不盲，耳不塞，这无形迹的最高等教育便永远是你的名分，这不取费的最珍贵的补剂便永远供你的受用；只要你认识了这一部书，你在这世界上寂寞时便不寂寞，穷困时不穷困，苦恼时有安慰，挫折时有鼓励，软弱时有督责，迷失时有南针。

十四年七月

（原刊1925年7月4日《现代评论》第2卷第30期，重刊同年8月5日《晨报副刊·文学旬刊》，收入《巴黎的鳞爪》）

---

① 来因河，通译莱茵河，欧洲的一条大河，源出瑞士境内的阿尔卑斯山，流经列支敦士登、奥地利、法国、西德、荷兰等国，注入北海。
② 梨梦湖，通译莱蒙湖，也即日内瓦湖，在瑞士西南与法国东部边境，是著名的风景区和疗养地。
③ 威尼市，通译威尼斯，意大利东北部城市。

意大利的天时小引

"我"听别人说意大利的天就比别处不同：蓝色的意大利、艳阳的意大利、光亮的意大利。听得多了，"我"也相信意大利就应该是这个样子，阴霾、晦塞、雾盲等昏沉的文字当然配不上意大利了。

事实上，直到"我"去了意大利，才知道真正的意大利：威尼斯不曾见着夕阳的影子，佛罗伦萨只是不清明，罗马更是连续下了四天的小雨，而且四月的天好比正月，把"我"的游兴都毁掉了。

这到底是怎么回事呢？也许"我"犯了"人云亦云"的错误，把意大利想象得太好了！

海滩上种花

我们常听说意大利的天就比别处的不同："蓝天的意大利""艳阳的意大利""光亮的意大利"。我不曾来的时候，我常常想象意大利的天阴霾，晦塞，雾盲，昏沉那类的字在这里当然是不适用不必说，就是下雨也一定像夏天阵雨似的别有风趣，只是在雨前雨后增添天上的妩媚；我想没有云的日子一定多，头顶只见一个碧蓝的圆穹，地下只是艳丽的阳光，大致比我们冬季的北京再加几倍光亮的模样。有云的时候，也一定是最可爱的云彩，鹅毛似的白净，一条条在蓝天里挂着，要不然就是彩色最鲜艳的晚霞，玫瑰、琥珀、玛瑙、珊瑚、翡翠、珍珠什么都有；看着了那样的天（我想）心里有愁的人一定会忘所愁，本来快活的一定加倍的快活……

那是想象中的意大利的天与天时，但想望总不免过分；在这世界上最美满的事情离着理想的境界总还有几步路。意大利的天，虽则比别处的好，终究还不是"洞天"。你们后来的记好了，不要期望过奢；我自己幸亏多住了几天，否则不但不满意，差一些还会十分的失望。

初入境的印象我敢说一定是很强的。我记得那天钻出了阿尔帕斯①的山脚，连环的雪峰向后直退。郎巴德的平壤像一条地毯似的直铺到前望的天边；那时头上的天与阳光的确不同，急切说

---

① 阿尔帕斯，通译阿尔卑斯，欧洲大陆最大的山脉。

不清怎样的不同，就只天蓝比往常的蓝，白云比寻常的白，阳光比平常的亮，你身边站着的旅伴说"阿这是意大利"，你也脱口的回答"阿这是意大利"，你的心跳就自然的会增快，你的眼力自然的会加强。田里的草，路旁的树，湖里的水都仿佛微笑着轻轻地回应你，阿这是意大利！

但我初到的两个星期，从米兰①到威尼市②，经翡冷翠③去罗马，意大利的天时，你说怎样，简直是荒谬！威尼市不曾见着它有名夕照的影子，翡冷翠只是不清明，罗马最不顾廉耻，简直连绵地淫雨了四天，四月有正月的冷，什么游兴都给毁了，临了逃向翡冷翠那天我真忍不住咒了。

（原刊1925年8月19日《晨报副刊》）

---

① 米兰，意大利北部城市。
② 威尼市，通译威尼斯，意大利东北部港口城市。
③ 翡冷翠，通译佛罗伦萨，意大利中部城市。

海滩上种花

我所知道的康桥

"我"在康桥（剑桥大学）的生活是诗意的。那时候，我单独一人看一回凝静的康桥的影儿，数一数康河螺钿的波纹，望着七月的黄昏、凝寂的远树，依靠着凉透了心的爬满青苔的石阑……

虽然"我"沉醉在这诗意的生活中，但是"我"没有沉溺于其中，而是探寻到了"我"之前的痛苦生活的病根。人是自然的产儿，就好比枝头的花与鸟是自然的产儿。我们从大自然取得我们的生命，我们还是依靠自然滋养。但我们不幸远离了自然，与自然脱离，甚至对立。于是，我们的生活枯窘了，希望也"生病"了。

那么，我们该怎么办呢？

一

我这一生的周折，大都寻得出感情的线索。不论别的，单说求学。我到英国是为要从卢梭①。卢梭来中国时，我已经在美国。他那不确的死耗传到的时候，我真的出眼泪不够，还做悼诗来了。他没有死，我自然高兴。我摆脱了哥伦比亚②大博士衔的引诱，买船漂过大西洋，想跟这位二十世纪的福禄泰尔③认真念一点书去。谁知一到英国才知道事情变样了：一为他在战时主张和平，二为他离婚，卢梭叫康桥④给除名了，他原来是Trinity College的fellow⑤，这来他的fellowship⑥也给取消了。他回英国后就在伦敦住下，夫妻两人卖文章过日子。因此我也不曾遂我从学的始愿。我在伦敦政治经济学院里混了半年，正感着闷想换路走的时候，我认识了狄更生⑦先生。狄更生——Galsworthy Lowes Dickinson——是一个有名的作者，他的《一个中国人通信》（Letters from John Chinaman）与《一个现代聚餐谈话》（A Modern Symposium）两本小册子早得了我的景仰。我第一次会着他是在

---

① 卢梭，通译罗素（1872—1970），英国哲学家、逻辑学家，1921年曾来中国讲学。
② 哥伦比亚，这里指哥伦比亚大学，在美国纽约。
③ 福禄泰尔，通译伏尔泰（1694—1778），法国启蒙思想家、哲学家、作家。
④ 康桥，通译剑桥，在英国东南部，这里指剑桥大学。
⑤ Trinity College的fellow，即三一学院（属剑桥大学）的评议员。
⑥ fellowship，即评议员资格。
⑦ 狄更生，英国作家、学者。徐志摩在英国时期间曾得到他的帮助。

海滩上种花

伦敦国际联盟协会席上，那天林宗孟①先生演说，他做主席；第二次是宗孟寓里吃茶，有他。以后我常到他家里去。他看出我的烦闷，劝我到康桥去，他自己是王家学院（King's College）的 fellow，我就写信去问两个学院，回信都说学额早满了，随后还是狄更生先生替我去在他的学院里说好了，给我一个特别生的资格，随意选科听讲。

从此黑方巾、黑披袍的风光也被我占着了。初起我在离康桥六英里的乡下叫沙士顿地方租了几间小屋住下，同居的有我从前的夫人张幼仪女士与郭虞裳②君。每天一早我坐街车（有时自行车）上学，到晚回家。

这样的生活过了一个春，但我在康桥还只是个陌生人，谁都不认识，康桥的生活，可以说完全不曾尝着，我知道的只是一个图书馆，几个课室，和三两个吃便宜饭的茶食铺子。狄更生常在伦敦或是大陆上，所以也不常见他。那年的秋季我一个人回到康桥，整整有一学年，那时我才有机会接近真正的康桥生活，同时我也慢慢地"发见"了康桥。我不曾知道过更大的愉快。

---

① 林宗孟，即林长民，晚清立宪派人士，辛亥革命后曾出任司法总长。
② 郭虞裳，未详。

二

"单独"是一个耐寻味的现象。我有时想它是任何发现的第一个条件。你要发现你的朋友的"真",你得有与他单独的机会。你要发现你自己的真,你得给你自己一个单独的机会。

你要发现一个地方(地方一样有灵性),你也得有单独玩的机会。我们这一辈子,认真说,能认识几个人?能认识几个地方?我们都是太匆忙,太没有单独的机会。说实话,我连我的本乡都没有什么了解。康桥我要算是有相当交情的,再次许只有新认识的翡冷翠了。啊,那些清晨,那些黄昏,我一个人发疑似的在康桥!绝对的单独。

但一个人要写他最心爱的对象,不论是人是地,是多么使他为难的一个工作?你怕,你怕描坏了它,你怕说过分了恼了它,你怕说太谨慎了辜负了它。我现在想写康桥,也正是这样的心理,我不曾写,我就知道这回是写不好的——况且又是临时逼出来的事情。但我却不能不写,上期预告已经出去了。我想勉强分两节写:一是我所知道的康桥的天然景色;一是我所知道的康桥的学生生活。我今晚只能极简地写些,等以后有兴会时再补。

海滩上种花

三

　　康桥的灵性全在一条河上；康河，我敢说是全世界最秀丽的一条水。河的名字是葛兰大（Granta），也有叫康河（River Cam）的，许有上下流的区别，我不甚清楚。河身多的是曲折，上游是有名的拜伦潭——"Byron's Pool"——当年拜伦常在那里玩的；有一个老村子叫格兰骞斯德，有一个果子园，你可以躺在累累的桃李树荫下吃茶，茶果会掉入你的茶杯，小雀子会到你桌上来啄食，那真是别有一番天地。这是上游；下游是从骞斯德顿下去，河面展开，那是春夏间竞舟的场所。上下河分界处有一个坝筑，水流急得很，在星光下听水声，听近村晚钟声，听河畔倦牛刍草声，是我康桥经验中最神秘的一种：大自然的优美、宁静，调谐在这星光与波光的默契中不期然地淹入了你的性灵。

　　但康河的精华是在它的中权，著名的"Backs"，这两岸是几个最蜚声的学院的建筑。从上面下来是Pembroke, St.Katharine's, King's, Clare, Trinity, St.John's。最令人留连的一节是克莱亚与王家学院的毗连处，克莱亚的秀丽紧邻着王家教堂（King's Chapel）的宏伟。别的地方尽有更美更庄严的建筑，例如巴黎赛因河的罗浮宫一带，威尼斯的利阿尔多大桥的两岸，翡冷翠维基乌大桥的周遭；但康桥的"Backs"自有它的特长，这不容易用一二个状词来概括，它那脱尽尘埃气的一种清澈秀逸的意境可说是超出了画图而化生了音乐的神味。再没有比这一群建筑更调谐更匀称的了！论画，可比的许只有柯罗（Corot）的田野；论音乐，可比的许只有肖班①（Chopin）的夜曲。就这，也不能给你依稀的印象，它给你的美感简直是神灵性的一种。

假如你站在王家学院桥边的那棵大椈树荫下眺望，右侧面，隔着一大方浅草坪，是我们的校友居（Fellows Building），那年代并不早，但它的妩媚也是不可掩的，它那苍白的石壁上春夏间满缀着艳色的蔷薇在和风中摇头，更移左是那教堂，森林似的尖阁不可浼的永远直指着天空；更左是克莱亚，啊！那不可信的玲珑的方庭，谁说这不是圣克莱亚（St.Clare）的化身，哪一块石上不闪耀着她当年圣洁的精神？在克莱亚后背隐约可辨的是康桥最潇贵最骄纵的三一学院（Trinity），它那临河的图书楼上坐镇着拜伦神采惊人的雕像。

但这时你的注意早已叫克莱亚的三环洞桥魔术似的摄住。你见过西湖白堤上的西泠断桥不是？（可怜它们早已叫代表近代丑恶精神的汽车公司给铲平了，现在它们跟着苍凉的雷峰永远辞别了人间）你忘不了那桥上斑驳的苍苔，木栅的古色，与那桥拱下泄露的湖光与山色不是？克莱亚并没有那样体面的衬托，它也不比庐山栖贤寺旁的观音桥，上瞰五老的奇峰，下临深潭与飞瀑；

---

① 肖班，通译肖邦（1810—1849），波兰作曲家、钢琴家。

海滩上种花

　　它只是怯怜怜的一座三环洞的小桥，它那桥洞间也只掩映着细纹的波粼与婆娑的树影，它那桥上栉比的小穿兰与兰节顶上双双的白石球，也只是村姑子头上不夸张的香草与野花一类的装饰；但你凝神地看着，更凝神地看着，你再反省你的心境，看还有一丝屑的俗念沾滞不？只要你审美的本能不曾汩灭时，这是你的机会实现纯粹美感的神奇！

　　但你还得选你赏鉴的时辰。英国的天时与气候是走极端的。冬天是荒谬的坏，逢着连绵的雾盲天你一定不迟疑的甘愿进地狱本身去试试；春天（英国是几乎没有夏天的）是更荒谬的可爱，尤其是它那四五月间最渐缓最艳丽的黄昏，那才真是寸寸黄金。在康河边上过一个黄昏是一服灵魂的补剂。啊！我那时蜜甜的单独，那时蜜甜的闲暇。一晚又一晚的，只见我出神似的倚在桥阑上向西天凝望：——

　　　　看一回凝静的桥影，
　　　　数一数螺钿的波纹：
　　　　我倚暖了石阑的青苔，
　　　　青苔凉透了我的心坎；……
　　　　还有几句更笨重的怎能仿佛那游丝似轻妙的情景：
　　　　难忘七月的黄昏，远树凝寂，
　　　　像墨泼的山形，衬出轻柔暝色

躺在累累的桃李荫下吃茶，花果会掉入你的茶杯，小雀子会到你桌上来啄食，那真是别有一番天地。

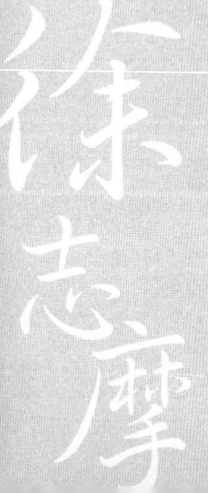

密稠稠，七分鹅黄，三分橘绿，

那妙意只可去秋梦边缘捕捉；……

四

  这河身的两岸都是四季常青最葱翠的草坪。从校友居的楼上望去，对岸草场上，不论早晚，永远有十数匹黄牛与白马，胫蹄没在恣蔓的草丛中，从容地在咬嚼，星星的黄花在风中动荡，应和着它们尾鬃的扫拂。桥的两端有斜倚的垂柳与椈荫护住。水是澈底的清澄，深不足四尺，匀匀地长着长条的水草。这岸边的草坪又是我的爱宠，在清朝，在傍晚，我常去这天然的织锦上坐地，有时读书，有时看水；有时仰卧着看天空的行云，有时反扑着搂抱大地的温软。

  但河上的风流还不止两岸的秀丽。你得买船去玩。船不止一种：有普通的双桨划船，有轻快的薄皮舟（canoe），有最别致的长形撑篙船（punt）。最末的一种是别处不常有的：约莫有二丈长，三尺宽，你站直在船梢上用长竿撑着走的。这撑是一种技术。我手脚太蠢，始终不曾学会。你初起手尝试时，容易把船身横住在河中，东颠西撞的狼狈。英国人是不轻易开口笑人的，但是小心他们不出声地皱眉！也不知有多少次河中本来悠闲的秩序

海滩上种花

叫我这莽撞的外行给捣乱了。我真的始终不曾学会；每回我不服输跑去租船再试的时候，有一个白胡子的船家往往带讥讽地对我说："先生，这撑船费劲，天热累人，还是拿个薄皮舟溜溜吧！"我哪里肯听话，长篙子一点就把船撑了开去，结果还是把河身一段段的腰斩了去。

你站在桥上去看人家撑，那多不费劲，多美！尤其在礼拜天有几个专家的女郎，穿一身缟素衣服，裙裾在风前悠悠地飘着，戴一顶宽边的薄纱帽，帽影在水草间颤动，你看她们出桥洞时的姿态，捻起一根竟像没有分量的长竿，只轻轻的，不经心的往波心里一点，身子微微地一蹲，这船身便波的转出了桥影，翠条鱼似的向前滑了去。她们那敏捷，那闲暇，那轻盈，真是值得歌咏的。

在初夏阳光渐暖时你去买一只小船，划去桥边荫下躺着念你的书或是做你的梦，槐花香在水面上飘浮，鱼群的喋喋声在你的耳边挑逗。或是在初秋的黄昏，近着新月的寒光，望上流僻静处远去。爱热闹的少年们携着他们的女友，在船沿上支着双双的东洋彩纸灯，带着话匣子，船心里用软垫铺着，也开向无人迹处去享他们的野福——谁不爱听那水底翻的音乐在静定的河上描写梦意与春光！

住惯城市的人不易知道季候的变迁。看见叶子掉知道是秋，看见叶子绿知道是春；天冷了装炉子，天热了拆炉子；脱下棉袍，换上夹袍，脱下夹袍，穿上单袍；不过如此吧了。天上星斗的消息，地下泥土里的消息，空中风吹的消息，都不关我们的事。忙着哪，这样那样事情多着，谁耐烦管星星的移转，花草的消长，风云的变幻？同时我们抱怨我们的生活、苦痛、烦闷、拘束、枯燥，谁肯承认做人是快乐？谁不多少间咒诅人生？

但不满意的生活大都是由于自取的。我是一个生命的信仰者，我信生活决不是我们大多数人仅仅从自身经验推得的那样暗惨。我们的病根是在"忘本"。人是自然的产儿，就比枝头的花与鸟是自然的产儿；但我们不幸是文明人，入世深似一天，离自然远似一天。离开了泥土的花草，离开了水的鱼，能快活吗？能生存吗？从大自然，我们取得我们的生命；从大自然，我们应分取得我们继续的滋养。哪一株婆娑的大木没有盘错的根柢深入在无尽藏的地里？我们是永远不能独立的。有幸福是永远不离母亲抚育的孩子，有健康是永远接近自然的人们。不必一定与鹿豕游，不必一定回"洞府"去；为医治我们当前生活的枯窘，只要"不完全遗忘自然"一张轻淡的药方我们的病象就有缓和的希望。在青草里打几个滚，到海水里洗几次浴，到高处去看几次朝霞与晚照——你肩背上的负担就会轻松了去的。

这是极肤浅的道理，当然。但我要没有过过康桥的日子，我就不会有这样的自信。我这一辈子就只那一春，说也可怜，算是不曾虚度。就只那一春，我的生活是自然的，是真愉快的！（虽则碰巧那也是我最感受人生痛苦的时期）我那时有的是闲暇，有

海滩上种花

的是自由，有的是绝对单独的机会。说也奇怪，竟像是第一次，我辨认了星月的光明，草的青，花的香，流水的殷勤。我能忘记那初春的睥睨吗？曾经有多少个清晨我独自冒着冷去薄霜铺地的林子里闲步——为听鸟语，为盼朝阳，为寻泥土里渐次苏醒的花草，为体会最微细最神妙的春信。啊，那是新来的画眉在那边凋不尽的青枝上试它的新声！啊，这是第一朵小雪球花挣出了半冻的地面！啊，这不是新来的潮润沾上了寂寞的柳条？

　　静极了，这朝来水溶溶的大道，只远处牛奶车的铃声，点缀这周遭的沉默。顺着这大道走去，走到尽头，再转入林子里的小径，往烟雾浓密处走去，头顶是交枝的榆荫，透露着漠楞楞的曙色；再往前走去，走尽这林子，当前是平坦的原野，望见了村舍，初青的麦田，更远三两个馒形的小山掩住了一条通道。天边是雾茫茫的，尖尖的黑影是近村的教寺。听，那晓钟和缓的清音。这一带是此邦中部的平原，地形像是海里的轻波，默沉沉的起伏；山岭是望不见的，有的是常青的草原与沃腴的田壤。登那土阜上望去，康桥只是一带茂林，拥戴着几处娉婷的尖阁。妩媚的康河也望不见踪迹，你只能循着那锦带似的林木想象那一流清浅。村舍与树林是这地盘上的棋子，有村舍处有佳荫，有佳荫处有村舍。这早起是看炊烟的时辰：朝雾渐渐地升起，揭开了这灰苍苍的天幕（最好是微霰后的光景），远近的炊烟，成丝的、成缕的、成卷的、轻快的、迟重的、浓灰的、淡青的、惨白的，在静定的朝气里渐渐地上腾,渐渐地不见,仿佛是朝来人们的祈祷,参差地翳入了天听。朝阳是难得见的,这初春的天气。但它来时是起早人莫大的愉快。顷刻间这田野添深了颜色,一层轻纱似的金粉糁上了这草,这树,这通道,这庄舍。顷刻间这周遭弥漫了清晨富丽的温柔。顷刻间你的心怀也分润了白天诞生的光荣。"春"!这胜利的晴空仿佛在你的耳边私语。"春"!你那快活的灵魂也仿佛在那里回响。

伺候着河上的风光,这春来一天有一天的消息。关心石上的苔痕,关心败草里的花鲜,关心这水流的缓急,关心水草的滋长,关心天上的云霞,关心新来的鸟语。怯怜怜的小雪球是探春信的小使。铃兰与香草是欢喜的初声。窈窕的莲馨,玲珑的石水仙,爱热闹的克罗克斯,耐辛苦的蒲公英与雏菊——这时候春光已是烂漫在人间,更不须殷勤问讯。

瑰丽的春放。这是你野游的时期。可爱的路政,这里不比中国,哪一处不是坦荡荡的大道?徒步是一个愉快,但骑自转车是一个更大的愉快,在康桥骑车是普遍的技术;妇人、稚子、老翁,一致享受这双轮舞的快乐。(在康桥听说自转车是不怕人偷的,就为人人都自己有车,没人要偷)任你选一个方向,任你上一条通道,顺着这带草味的和风,放轮远去,保管你这半天的逍遥是你性灵的补剂。这道上有的是清荫与美草,随地都可以供你休憩。你如爱花,这里多的是锦绣似的草原。你如爱鸟,这里多

海滩上种花

的是巧啭的鸣禽。你如爱儿童，这乡间到处是可亲的稚子。你如爱人情，这里多的是不嫌远客的乡人，你到处可以"挂单"借宿，有酪浆与嫩薯供你饱餐，有夺目的果鲜恣你尝新。你如爱酒，这乡间每"望"都为你储有上好的新酿，黑啤如太浓，苹果酒、姜酒都是供你解渴润肺的……带一卷书，走十里路，选一块清静地，看天，听鸟，读书，倦了时，和身在草绵绵处寻梦去——你能想象更适情更适性的消遣吗？

陆放翁有一联诗句："传呼快马迎新月，却上轻舆趁晚凉"；这是做地方官的风流。我在康桥时虽没马骑，没轿子坐，却也有我的风流：我常常在夕阳西晒时骑了车迎着天边扁大的日头直追。日头是追不到的，我没有夸父的荒诞，但晚景的温存却被我这样偷尝了不少。有三两幅画图似的经验至今还是栩栩地留着。只说看夕阳，我们平常只知道登山或是临海，但实际只须辽阔的天际，平地上的晚霞有时也是一样的神奇。有一次我赶到一个地方，手把着一家村庄的篱笆，隔着一大田的麦浪，看西天的变幻。有一次是正冲着一条宽广的大道，过来一大群羊，放草归来的，偌大的太阳在它们后背放射着万缕的金辉，天上却是乌青青的，只剩这不可逼视的威光中的一条大路，一群生物，我心头顿时感着神异性的压迫，我真的跪下了，对着这冉冉渐翳的金光。再有一次是更不可忘的奇景，那是临着一大片望不到头的草原，满开着艳红的罂粟，在青草里亭亭像是万盏的金灯，阳光从褐色云斜着过来，幻成一种异样紫色，透明似的不可逼视，刹那在我迷眩了的视觉中，这草田变成了……不说也罢，说来你们也是不信的！

一别二年多了，康桥，谁知我这思乡的隐忧？也不想别的，我只要那晚钟撼动的黄昏，没遮拦的田野，独自斜倚在软草里，看第一个大星在天边出现！

十五年一月十五日

（原刊1926年1月16—25日《晨报副刊》，收入《巴黎的鳞爪》）

丑西湖

"欲把西湖比西子，浓妆淡抹总相宜。"宋朝大诗人苏东坡用这样的诗句来形容西湖的美。

"我"却认为这话说得太理想了。为什么这么说呢？因为，当"我"再次去西湖游玩的时候，被眼前腥臭、浑浊的西湖吓到了——西湖变成了一个蒸发了半湖水的大鱼塘了！平湖秋月也失去了清净的环境，吵吵闹闹，竟然唱起了无锡山歌！楼外楼也是一个伤心地，古雅的传统风格的建筑毁了，变成了"洋不洋"的新式楼。

想起十五年前，狄更斯说中国人才懂得爱护自然，处处想法子增添自然的美。然而，现在的人已不懂了。

"欲把西湖比西子，浓妆淡抹总相宜。"我们太把西湖看理想化了。

夏天要算是西湖浓妆的时候，堤上的杨柳绿成一片浓青，里湖一带的荷叶荷花也正当满艳，朝上的烟雾，向晚的晴霞，哪样不是现成的诗料，但这西姑娘你爱不爱？我是不成，这回一见面我回头就逃！什么西湖这简直是一锅腥臊的热汤！

西湖的水本来就浅，又不流通，近来满湖又全养了大鱼，有四五十斤的，把湖里袅袅婷婷的水草全给咬烂了，水混不用说，还有那鱼腥味儿顶叫人难受。

说起西湖养鱼，我听得有种种的说法，也不知哪样是内情：有说养鱼干脆是官家谋利，放着偌大一个鱼沼，养肥了鱼打了去卖不是顶现成的；有说养鱼是为预防水草长得太放肆了怕塞满了湖心，也有说这些大鱼都是大慈善家们为要延寿或是求子或是求财源茂健特为从别地方买了来放生在湖里的，而且现在打鱼当官是不准。

不论怎么样，西湖确是变了鱼湖了。

六月以来杭州据说一滴水都没有过，西湖当然水浅得像个干血痨的美女，再加那腥味儿！今年南方的热，说来我们住惯北方的也不易信，白天热不说，通宵到天亮也不见放松，天天大太阳，夜夜满天星，节节高的一天暖似一天。

杭州更比上海不堪，西湖那一洼浅水用不到几个钟头的晒就

海滩上种花

离滚沸不远什么，四面又是山，这热是来得去不得，一天不发大风打阵，这锅热汤，就永远不会凉。我那天到了晚上才雇了条船游湖，心想比岸上总可以凉快些。好，风不来还熬得，风一来可真难受极了，又热又带腥味儿，真叫人发眩作呕，我同船一个朋友当时就病了，我记得红海里两边的沙漠风都似乎较为可耐些！夜间十二点我们回家的时候都还是热乎乎的。还有湖里的蚊虫！简直是一群群的大水鸭子！我一生定就活该。

这西湖是太难了，气味先就不堪。再说沿湖的去处，本来顶清淡宜人的一个地方是平湖秋月，那一方平台，几棵杨柳，几折回廊，在秋月清澈的凉夜去坐着看湖确是别有风味，更好在去的人绝少，你夜间去总可以独占，唤起看守的人来泡一碗清茶，冲一杯藕粉，和几个朋友闲谈着消磨他半夜，真是清福。

我三年前一次去有琴友有笛师，躺平在杨树底下看揉碎的月光，听水面上翻响的幽乐，那逸趣真不易。西湖的俗化真是一日千里，我每回去总添一度伤心：雷峰[①]也羞跑了，断桥折成了汽车桥，哈得[②]在湖心里造房子，某家大少爷的汽油船在三尺的柔波里兴风作浪，工厂的烟替代了出岫的霞，大世界以及什么舞台的锣鼓充当了湖上的啼莺，西湖，西湖，还有什么可留恋的！这

[①] 雷峰，即西湖边上的雷峰塔，建于宋开宝八年（975），1924年9月25日倒坍。
[②] 哈得，通译哈同（1847—1931），犹太人，后入英国国籍。1974年到上海，从事商业投机活动，后成为有名的富翁。曾任上海法租界公董局董事及公共租界工部局董事。

回连平湖秋月也给糟蹋了，你信不信？

"船家，我们到平湖秋月去，那边总还清静。"

"平湖秋月？先生，清静是不清静的，格歇①开了酒馆，酒馆着实闹忙哩，你看，望得见的，穿白衣服的人多煞勒瞎，扇子搧得活血血的，还有唱唱的，十七八岁的姑娘，听听看——是无锡山歌哩，胡琴都蛮清爽的……"

那我们到楼外楼②去吧。谁知楼外楼又是一个伤心！

原来楼外楼那一楼一底的旧房子斜斜的对着湖心亭，几张揩抹得发白光的旧桌子，一两个上年纪的老堂倌，活络络的鱼虾，滑齐齐的莼菜，一壶远年，一碟盐水花生，我每回到西湖往往偷闲独自跑去领略这点子古色古香，靠在阑干上从堤边杨柳荫里望滟滟的湖光，晴有晴色，雨雪有雨雪的景致，要不然月上柳梢时意味更长，好在是不闹，晚上去也是独占的时候多，一边喝着热酒，一边与老堂倌随便讲讲湖上风光，鱼虾行市，也自有一种说不出的愉快。

但这回连楼外楼都变了面目！地址不曾移动，但翻造了三层楼带屋顶的洋式门面，新漆亮光光的刺眼，在湖中就望见楼上电扇的疾转，客人闹盈盈的挤着，堂倌也换了，穿上西崽的长袍，原来那老朋友也看不见了，什么闲情逸趣都没有了！

---

① 格歇：杭州话，现在的意思。
② 楼外楼，杭州一家有名的饭馆，在西湖孤山脚下。

海滩上种花

我们没办法移一个桌子在楼下马路边吃了一点东西,果然连小菜都变了,真是可伤。泰戈尔来看了中国,发了很大的感慨。他说:"世界上再没有第二个民族像你们这样蓄意地制造丑恶的精神。"怪不过老头牢骚,他来时对中国是怎样的期望(也许是诗人的期望),他看到的又是怎样一个现实!

狄更生①先生有一篇绝妙的文章,是他游泰山以后的感想,他对照西方人的俗与我们的雅,他们的唯利主义与我们的闲暇精神。他说只有中国人才真懂得爱护自然,他们在山水间的点缀是没有一点辜负自然的;实际上他们处处想法子增添自然的美,他们不容许煞风景的事业。他们在山上造路是依着山势回环曲折,铺上本山的石子,就这山道就饶有趣味,他们宁可牺牲一点便利,不愿斫丧自然的和谐。

所以他们造的是妩媚的石径;欧美人来时不开马路就来穿山的电梯。他们在原来的石块上刻上美秀的诗文,漆成古色的青绿,在苔藓间掩映生趣;反之在欧美的山石上只见雪茄烟与各种生意的广告。他们在山林丛密处透出一角寺院的红墙,西方人起的是几层楼嘈杂的旅馆。听人说中国人得效法欧西,我不知道应得自觉虚心做学徒的究竟是谁?

这是十五年前狄更生先生来中国时感想的一节。我不知道

---

① 狄更生,英国学者,曾任剑桥大学王家学院教授。他到过中国,著有《来自中国的信》一书。徐志摩二十年代初在英国游学期间与他相识,得到过他的帮助。

他现在要是回来看看西湖的成绩,他又有什么妙文来颂扬我们的美德!

说来西湖真是个爱伦内①。论山水的秀丽,西湖在世界上真有位置。那山光,那水色,别有一种醉人处,叫人不能不生爱。

但不幸杭州的人种(我也算是杭州人),也不知怎的,特别的来得俗气来得陋相。不读书人无味,读书人更可厌,单听那一口杭白,甲隔甲隔②的,就够人心烦!看来杭州人话会说(杭州人真会说话!),事也会做,近年来就"事业"方面看,杭州的建设的确不少,例如西湖堤上的六条桥就全给拉平了替汽车公司帮忙;但不幸经营山水的风景是另一种事业,决不是开铺子、做官一类的事业。

平常布置一个小小的园林,我们尚且说总得主人胸中有些丘壑,如今整个的西湖放在一班大老的手里,他们的脑子里平常想些什么我不敢猜度,但就成绩看,他们的确是只图每年"我们杭州"商界收入的总数增加多少的一种头脑!开铺子的老班们也许沾了光,但是可怜的西湖呢?分明天生俊俏的一个少女,生生地叫一群粗汉去替她涂脂抹粉,就说没有别的难堪情形,也就够煞风景又煞风景!天啊,这苦恼的西子!

但是回过来说,这年头哪还顾得了美不美!江南总算是天

---

① 爱伦内,英文Irony一词的音译,意即"反讽"。
② 甲隔甲隔,杭州方言(谐音),"怎么怎么"的意思。

海滩上种花

堂，到今天为止。别的地方人命只当得虫子，有路不敢走，有话不敢说，还来搭什么臭绅士的架子，挑什么够美不够美的鸟眼？

八月七日

（原刊1926年8月9日《晨报副刊》）

泰戈尔

虽然，六十七岁的泰戈尔身体不健康，还要忍受漫长的海上旅途的劳累，但是他仍不顾亲朋好友的阻拦，不远千里来到中国。

他在刚来的那段时间，繁忙极了，不知疲倦地参加演讲以及较小的集会。结果，他累了，睡觉都不得安宁。更是听到了看到了有些青年们对他的不屑、不满与抱怨，说他是"太迟"，说他是"不合时宜"。

面对这些，泰戈尔没有回应。然而，"我"要说几句良心话：人格是一个不可错误的实在……我们是饥饿惯了。只认鸠形与鹄面是人生本来的面目……

海滩上种花

我有几句话想趁这个机会对诸君讲，不知道你们有没有耐心听。泰戈尔先生快走了，在几天内他就离别北京，在一两个星期内他就告辞中国。他这一去大约是不会再来的了。也许他永远不能再到中国。

他是六七十岁的老人，他非但身体不强健，他并且是有病的。所以他要到中国来，不但他的家属，他的亲戚朋友，他的医生，都不愿意他冒险，就是他欧洲的朋友，比如法国的罗曼·罗兰，也都有信去劝阻他。他自己也曾经踌躇了好久，他心里常常盘算他如其到中国来，他究竟不能够给我们好处，他想中国人自有他们的诗人、思想家、教育家，他们有他们的智慧、天才、心智的财富与营养，他们更用不着外来的补助与鼓刺，我只是一个诗人，我没有宗教家的福音，没有哲学家的理论，更没有科学家实利的效用，或是工程师建设的才能，他们要我去做什么，我自己又为什么要去，我有什么礼物带去满足他们的盼望。他真的很觉得迟疑，所以他延迟了他的行期。但是他也对我们说到冬天完了春风吹动的时候（印度的春风比我们的吹得早），他不由地感觉了一种内迫的冲动，他面对着逐渐滋长的青草与鲜花，不由地抛弃了，忘却了他应尽的职务，不由地解放了他的歌唱的本能，和着新来的鸣雀，在柔软的南风中开怀的讴吟。同时他收到我们催请的信，我们青年盼望他的诚意与热心，唤起了老人的勇气。他立即定夺了他东来的决心。他说趁我暮年的肢体不曾僵透，趁我衰老的心灵还能感受，决不可错过这最后唯一的机会，这博大、从容、礼让的民族，我幼年时便发心朝拜，与其将来在黄昏寂静的境界中萎衰的惆怅，毋宁利用这夕阳未暝时的光芒，了却我晋香人的心愿？

他所以决意的东来，他不顾亲友的劝阻，医生的警告，不顾自身的高年与病体，他也撇开了在本国一切的任务，跋涉了万里的海程，他来到了中国。

自从四月十二在上海登岸以来，可怜老人不曾有过一半天完整的休息，旅行的劳顿不必说，单就公开的演讲以及较小集会时的谈话，至少也有了三四十次！他的，我们知道，不是教授们的讲义，不是教士们的讲道，他的心府不是堆积货品的栈房，他的辞令不是教科书的喇叭。他是灵活的泉水，一颗颗颤动的圆珠从他心里兢兢地泛登水面都是生命的精液；他是瀑布的吼声，在白云间，青林中，石罅里，不住地欢响；他是百灵的歌声，他的欢欣、愤慨、响亮的谐音，弥漫在无际的晴空。但是他是倦了。终夜的狂歌已经耗尽了子规的精力，东方的曙色亦照出他点点的心血染红了蔷薇枝上的白露。

老人是疲乏了。这几天他睡眠也不得安宁，他已经透支了他有限的精力。他差不多是靠散拿吐瑾①过日的。他不由地不感觉

---

① 散拿吐瑾：一种药物。

海滩上种花

　　风尘的厌倦,他时常想念他少年时在恒河边沿拍浮①的清福,他想望椰树的清荫与曼果的甜瓤。

　　但他还不仅是身体的惫劳,他也感觉心境的不舒畅。这是很不幸的。我们做主人的只是深深的负歉。他这次来华,不为游历,不为政治,更不为私人的利益,他熬着高年,冒着病体,抛弃自身的事业,备尝行旅的辛苦,他究竟为的是什么?他为的只是一点看不见的情感,说远一点,他的使命是在修补中国与印度两民族间中断千余年的桥梁。说近一点,他只想感召我们青年真挚的同情。因为他是信仰生命的,他是尊崇青年的,他是歌颂青春与清晨的,他永远指点着前途的光明。悲悯是当初释迦牟尼证果的动机,悲悯也是泰戈尔先生不辞艰苦的动机。现代的文明只是骇人的浪费,贪淫与残暴,自私与自大,相猜与相忌,飓风似的倾覆了人道的平衡,产生了巨大的毁灭。芜秽的心田里只是误解的蔓草,毒害同情的种子,更没有收成的希冀。在这个荒惨的境地里,难得有少数的丈夫,不怕阻难,不自馁怯,肩上扛着铲除误解的大锄,口袋里满装着新鲜人道的种子,不问天时是阴是雨是晴,不问是早晨是黄昏是黑夜,他只是努力地工作,清理一方泥土,施殖一方生命,同时口唱着嘹亮的新歌,鼓舞在黑暗中将次透露的萌芽。泰戈尔先生就是这少数中的一个。他是来广

---

① 拍浮:指游泳。

布同情的，他是来消除成见的。我们亲眼见过他慈祥的阳春似的表情，亲耳听过他从心灵底里迸裂出的大声，我想只要我们的良心不曾受恶毒的烟煤熏黑，或是被恶浊的偏见污抹，谁不曾感觉他至诚的力量，魔术似的，为我们生命的前途开辟了一个神奇的境界，燃点了理想的光明？所以我们也懂得他的深刻的懊怅与失望，如其他知道部分的青年不但不能容纳他的灵感，并且存心地诬毁他的热忱。我们固然奖励思想的独立，但我们决不敢附和误解的自由。他生平最满意的成绩就在他永远能得青年的同情，不论在德国，在丹麦，在美国，在日本，青年永远是他最忠心的朋友。他也曾经遭受种种的误解与攻击，政府的猜疑与报纸的诬捏与守旧派的讥评，不论如何的谬妄与剧烈，从不曾扰动他优容的大量，他的希望，他的信仰，他的爱心，他的至诚，完全地托付青年。我的须，我的发是白的，但我的心却永远是青的，他常常地对我们说，只要青年是我的知己，我理想的将来就有着落，我乐观的明灯永远不致黯淡。他不能相信纯洁的青年也会坠落在怀疑、猜忌、卑琐的泥溷，他更不能信中国的青年也会沾染不幸的污点。他真不预备在中国遭受意外的待遇。他很不自在，他很感觉异样的怆心。

　　因此精神的懊丧更加重他躯体的倦劳。他差不多是病了。我们当然很焦急地期望他的健康，但他再没有心境继续他的讲演。我们恐怕今天就是他在北京公开讲演最后的一个机会。他

海滩上种花

有休养的必要。我们也决不忍再使他耗费有限的精力。他不久又有长途的跋涉，他不能不有三四天完全的养息。所以从今天起，所有已经约定的集会，公开与私人的，一概撤销，他今天就出城去静养。

我们关切他的一定可以原谅，就是一小部分不愿意他来做客的诸君也可以自喜战略的成功。他是病了，他在北京不再开口了，他快走了，他从此不再来了。但是同学们，我们也得平心地想想，老人到底有什么罪，他有什么负心，他有什么可容赦的犯案？公道是死了吗，为什么听不见你的声音？

他们说他是守旧，说他是顽固。我们能相信吗？他们说他是"太迟"，说他是"不合时宜"，我们能相信吗？他自己是不能信，真的不能信。他说这一定是滑稽家的反调。他一生所遭逢的批评只是太新，太早，太急进，太激烈，太革命的，太理想的，他六十年的生涯只是不断地奋斗与冲锋，他现在还只是冲锋与奋斗。但是他们说他是守旧，太迟，太老。他顽固奋斗的对象只是暴烈主义、资本主义、帝国主义、武力主义、杀灭性灵的物质主义；他主张的只是创造的生活，心灵的自由，国际的和平，教育的改造，普爱的实现。但他们说他是帝国政策的间谍，资本主义的助力，亡国奴族的流民，提倡裹脚的狂人！肮脏是在我们的政客与暴徒的心里，与我们的诗人又有什么关系？昏乱是在我们冒名的学者与文人的脑里，与我们的诗人又有什么亲属？我们何妨说太阳是黑的,我们何妨说苍蝇是真理?同学们,听信我的话,像他的这样伟大的声音我们也许一辈子再不会听着的了。留神目前的机会,预防将来的惆怅!他的人格我们只能到历史上去搜寻比拟。他的博大的温柔的灵魂我敢说永远是人类记忆里的一次灵绩。他的无边的想象是辽阔的同情使我们想起惠德曼①;他的博爱的福音与宣传的热心使我们记起托尔斯泰;他的坚韧的意志与艺术的天才使我们想起造摩西②像的密仡郎其罗③;他的诙谐与智慧使我们想象当年的苏格拉底与老聃!他的人格的和谐与优美使我们想念暮年的葛德④;他的慈祥的纯爱的抚摩,他的为人道不厌的努力,他的磅礴的大声,有时竟使我们唤起救主的心像,他的光彩,他的音乐,他的雄伟,使我们想念奥林必克⑤山顶的大神。他是不可侵凌的,不可逾越的,他是自然界的一个神秘的现象。他是三春和暖的南风,惊醒树枝上的新芽,增添处女颊上的红晕。他是普照的阳光。他是一派浩瀚的大水,来从不可追寻的渊源,在大地的怀抱中终古地流着,不息地流着,我们只是两岸的居民,凭借这慈恩的天赋,灌溉我们的田稻,苏解我们的消渴,

---

① 惠德曼,通译惠特曼(1819—1892),美国诗人,著有《草叶集》等。
② 摩西,《圣经》故事中古代犹太人的领袖。
③ 密仡郎其罗,通译米开朗基罗(1475—1564),意大利文艺复兴时斯的雕塑家、画家。
④ 葛德,通译歌德(1749—1832),德国诗人。
⑤ 奥林必克,通译奥林匹斯,希腊东北部的一座高山,古代希腊人视为神山,希腊神话中的诸神都住在山顶。

海滩上种花

洗净我们的污垢。他是喜马拉雅积雪的山峰，一般的崇高，一般的纯洁，一般的壮丽，一般的高傲，只有无限的青天枕藉他银白的头颅。

人格是一个不可错误的实在，荒歉是一件大事，但我们是饿惯了的，只认鸠形与鹄面是人生本来的面目，永远忘却了真健康的颜色与彩泽。标准的低降是一种可耻的堕落：我们只是踞坐在井底青蛙，但我们更没有怀疑的余地。我们也许端详东方的初白，却不能非议中天的太阳。我们也许见惯了阴霾的天时，不耐这热烈的光焰，消散天空的云雾，暴露地面的荒芜，但同时在我们心灵的深处，我们岂不也感觉一个新鲜的影响，催促我们生命的跳动，唤醒潜在的想望，仿佛是武士望见了前峰烽烟的信号，更不踌躇地奋勇前向？只有接近了这样超轶的纯粹的丈夫，这样不可错误的实在，我们方始相形的自愧我们的口不够阔大，我们的嗓音不够响亮，我们的呼吸不够深长，我们的信仰不够坚定，我们的理想不够莹澈，我们的自由不够磅礴，我们的语言不够明白，我们的情感不够热烈，我们的努力不够勇猛，我们的资本不够充实……

我自信我不是恣滥不切事理的崇拜，我如其曾经应用浓烈的文字，这是因为我不能自制我浓烈的感想。但是我最急切要声明的是，我们的诗人，虽则常常招受神秘的徽号，在事实上却是最清明、最有趣、最诙谐、最不神秘的生灵。他是最通达人情，最近人情的。我盼望有机会追写他日常的生活与谈话。如其我是犯嫌疑的，如其我也是性近神秘的（有好多朋友这么说），你们还有适之①先生的见证，他也说他是最可爱最可亲的个人：我们可以相信适之先生绝对没有"性近神秘"的嫌疑！所以无论他怎样的伟大与深厚，我们的诗人还只是有骨有血的人，不是野人，也不是天神。唯其是人，尤其是最富情感的人，所以他到处要求人道的温暖与安慰，他尤其要我们中国青年的同情与情爱。他已经为我们尽了责任，我们不应，更不忍辜负他的期望。同学们！爱你的爱，崇拜你的崇拜，是人情不是罪孽，是勇敢不是懦怯！

十二日在真光讲

（原刊1924年5月19日《晨报副刊》）

---

① 适之，即胡适（1891—1962），当时是北京大学教授。

济慈的夜莺歌

"我"接触到济慈的《夜莺歌》纯粹是偶然，也是"我"偶然到平大教书才接触到这篇作品。一个不期然的发现，竟使得"我"快乐极了。

"我"知道《夜莺歌》是诗人倾听屋子外边那只每晚不知疲倦的夜莺而写成的——每当他听到心痛神醉的时候，就用口把不朽的歌曲歌唱。

在这首诗歌里，诗人在九霄云端里唱着的歌，每一句诗歌都像是百灵鸟的鸣叫；诗人在奇异的森林漫步，每一句诗歌都浸透着百花的芳香；诗人的忧郁化入诗歌的每一个音节，叩击着人的心灵……

诗中有济慈[①]（John Keats）的《夜莺歌》，与禽中有夜莺一样的神奇。除非你亲耳听过，你不容易相信树林里有一类发痴的鸟，天晚了才开口唱，在黑暗里倾吐她的妙乐，愈唱愈有劲，往往直唱到天亮，连真的心血都跟着歌声从她的血管里呕出；除非你亲自咀嚼过，你也不相信一个二十三岁的青年有一天早饭后坐在一株李树底下迅笔地写，不到三小时写成了一首八段八十行的长歌，这歌里的音乐与夜莺的歌声一样的不可理解，同是宇宙间一个奇迹，即使有哪一天大英帝国破裂成无可记认的断片时，《夜莺歌》依旧保有他无比的价值：万万里外的星亘古地亮着，树林里的夜莺到时候就来唱着，济慈的夜莺歌永远在人类的记忆里存着。

那年济慈住在伦敦的Wentworth Place[②]。百年前的伦敦与现在的英京大不相同，那时候"文明"的沾染比较的不深，所以华次华士[③]站在威士明治德桥上，还可以放心地讴歌清晨的伦敦，还有福气在"无烟的空气"里呼吸，望出去也还看得见"田地、小山、石头、一直开拓到天边"。那时候的人，我猜想，也一定比较的不野蛮，近人情，爱自然，所以白天听得着满天的云雀，夜里听得着夜莺的妙乐。要是济慈迟一百年出世，在夜莺绝迹了

[①] 济慈（1795—1821），英国诗人。他出身贫苦，做过药剂师的助手，年轻时就死于肺病。
[②] Wentworth Place，即文特沃思村。实际上，该处是济慈的女友范妮·布劳纳的家，济慈写的《夜莺颂》的时候还在汉普斯泰德，他是去意大利疗养前的一个月才搬到这里的。
[③] 华次华士，通译华兹华斯（1770—1850），英国诗人，湖畔派的代表人物。

海滩上种花

的伦敦里住着,他别的著作不敢说,这首夜莺歌至少,怕就不会成功,供人类无尽期的享受。说起来真觉得可惨,在我们南方,古迹而兼是艺术品的,只淘成①了西湖上一座孤单的雷峰塔,这千百年来雷峰塔的文学还不曾见面,雷峰塔的映影已经永别了波心!也许我们的灵性是麻皮做的,木屑做的,要不然这时代普遍的苦痛与烦恼的呼声还不是最富灵感的天然音乐;——但是我们的济慈在哪里?我们的《夜莺歌》在哪里?济慈有一次低低地自语——"I feel the flowers growing on me"。意思是"我觉得鲜花一朵朵的长上了我的身",就是说他一想着了鲜花,他的本体就变成了鲜花,在草丛里掩映着,在阳光里闪亮着,在和风里一瓣瓣的无形地伸展着,在蜂蝶轻薄的口吻下羞晕着。这是想象力最纯粹的境界:孙猴子能七十二般变化,诗人的变化力更是不可限量——莎士比亚戏剧里至少有一百多个永远有生命的人物,男的女的、贵的贱的、伟大的、卑琐的、严肃的、滑稽的,还不是他自己摇身一变变出来的。济慈与雪莱最有这与自然谐合的变术;——雪莱制《云歌》时我们不知道雪莱变了云还是云变了雪莱;雪莱歌《西风》时不知道歌者是西风还是西风是歌者;颂《云雀》时不知道是诗人在九霄云端里唱着还是百灵鸟在字句里叫着;同样的济慈咏"忧郁""Ode on Melancholy"时他自己就变了忧郁

---

① 淘成,浙江方言,这里是"剩存"的意思。

本体，"忽然从天上掉下来像一朵哭泣的云"；他赞美"秋""To Autumn"时他自己就是在树叶底下挂着的叶子中心那颗渐渐发长的核仁儿，或是在稻田里静偃着玫瑰色的秋阳！这样比称起来，如其赵松雪①关紧房门伏在地下学马的故事可信时，那我们的艺术家就落粗蠢，不堪的"乡下人气味"！

他那《夜莺歌》是他一个哥哥死的那年做的，据他的朋友有名肖像画家Robert Haydon②给Miss Mitford③的信里说，他在没有写下以前早就起了腹稿，一天晚上他们俩在草地里散步时济慈低低地背诵给他听——"……in a low, tremulous undertone which affected me extremely."④那年碰巧——据着《济慈传》的Lord Houghton⑤说，在他屋子的邻近来了一只夜莺，每晚不倦地歌唱，他很快活，常常留意倾听，一直听得他心痛神醉逼着他从自己的口里复制了一套不朽的歌曲。我们要记得济慈二十五岁那年在意大利在他的一个朋友的怀抱里作古，他是，与他的夜莺一样，呕血死的！

能完全领略一首诗或是一篇戏曲，是一个精神的快乐，一个不期然的发现。这不是容易的事；要完全了解一个人的品性是十

---

① 赵松雪，即赵孟頫(1254—1322)，元代书画家。其书法世称"赵体"，画工山水、人物、鞍马，尤善画马。
② Robert Haydon，通译罗伯特·海登(1786—1846)，英国画家、作家。
③ Miss Mitford，通译米特福德小姐(1787—1855)，英国女作家。
④ 这句英文的意思是："……那低沉而颤抖的鸣啭深深地感染了我。"
⑤ Lord Houghton，通译雷顿爵士(1809—1855)，英国诗人，曾出版济慈的书信和遗著。

海滩上种花

分难，要完全领会一首小诗也不得容易。我简直想说一半得靠你的缘分，我真有点儿迷信。就我自己说，文学本不是我的行业，我的有限的文学知识是"无师传授"的。裴德①（Walter Pater）是一天在路上碰着大雨到一家旧书铺去躲避无意中发现的。哥德（Goethe）——说来更怪了——是司蒂文孙②（R. L. S）介绍给我的，（在他的Art of writing③那书里称赞George Henry Lewes④的《葛德评传》;Everyman edition⑤一块钱就可以买到一本黄金的书）。柏拉图是一次在浴室里忽然想着要去拜访他的。雪莱是为他也离婚才去仔细请教他的，杜思退益夫斯基⑥、托尔斯泰、丹农雪乌⑦、波特莱耳⑧、卢骚，这一班人也各有各的来法，反正都不是经由正宗的介绍：都是邂逅，不是约会。这次我到平大⑨教书也是偶然的，我教着济慈的《夜莺歌》也是偶然的，乃至我现在动手写这一篇短文，更不是料得到的。友鸾再三要我写才鼓起我的兴来，我也很高兴写，因为看了我的乘兴的话，竟许有人不但发愿去读那《夜

---

① 裴德，通译佩特（1893—1894），英国诗人、批评家，著有《文艺复兴史研究》等。
② 司蒂文孙，通译斯蒂文森（1850—1894），英国作家。
③ Art of writing，即《写作的艺术》。
④ George Henry Lewes，通译乔治·亨利·刘易斯（1817—1878），英国哲学家、文学评价家。还做过演员和编辑。
⑤ Everyman edition，书籍的普及版。
⑥ 杜思退益夫斯基，通译陀思妥耶夫斯基（1821—1881），俄国作家，著有《卡拉马佐夫兄弟》等。
⑦ 丹农雪乌，通译邓南遮（1863—1938），意大利作家。
⑧ 波特莱耳，通译波德莱尔（1821—1867），法国诗人。
⑨ 平大，即平民大学。

莺歌》，并且从此得到了一个亲口尝味最高级文学的门径，那我就得意极了。

但是叫我怎样讲法呢？在课堂里一头讲生字一头讲典故，多少有一个讲法，但是现在要我坐下来把这首整体的诗分成片段诠释它的意义，可真是一个难题！领略艺术与看山景一样，只要你地位站得适当，你这一望一眼便吸收了全景的精神；要你"远视"地看，不是近视地看；如其你捧住了树才能见树，那时即使你不惜工夫一株一株地审查过去，你还是看不到全林的景子。所以分析地看艺术，多少是杀风景的：综合的看法才对。所以我现在勉强讲这《夜莺歌》，我不敢说我能有什么心得的见解！我并没有！我只是在课堂里讲书的态度，按句按段的讲下去就是；至于整体的领悟还得靠你们自己，我是不能帮忙的。

你们没有听过夜莺先是一个困难。北京有没有我都不知道。下回萧友梅[①]先生的音乐会要是有贝德花芬的第六个"沁芳南"[②]（The Pastoral Symphony）时，你们可以去听听，那里面有夜莺的歌声。好吧，我们只能要同意听音乐——自然的或人为的——有时可以使我们听出神：譬如你晚上在山脚下独步时听着清越的笛声，远远地飞来，你即使不滴泪，你多少不免"神往"不是？或

[①] 萧友梅（1884—1940），音乐教育家，当时任北京女子师范大学音乐系主任。
[②] 贝德花芬的第六个"沁芳南"，即贝多芬的《第六交响曲》。"沁芳南"是英语交响曲Symphony一词的音译。

海滩上种花

是在山中听泉乐,也可使你忘却俗景,想象神境。我们假定夜莺的歌声比我们白天听着的什么鸟都要好听;他初起像是龚云甫①,嗓子发沙的,很懒地试她的新歌;顿上一顿,来了,有调了。可还不急,只是清脆悦耳,像是珠走玉盘(比喻是满不相干的)!慢慢地她动了情感,仿佛忽然想起了什么事情使她激成异常的愤慨似的,她这才真唱了,声音越来越亮,调门越来越新奇,情绪越来越热烈,韵味越来越深长,像是无限的欢畅,像是艳丽的怨慕,又像是变调的悲哀——直唱得你在旁倾听的人不自主地跟着她兴奋,伴着她心跳。你恨不得和着她狂歌,就差你的嗓子太粗太浊合不到一起!这是夜莺;这是济慈听着的夜莺,本来晚上万籁静定后声音的感动力就特强,何况夜莺那样不可模拟的妙乐。

好了;你们先得想象你们自己也教音乐的沉醴浸醉了,四肢软绵绵的,心头痒荠荠的,说不出的一种浓味的馥郁的舒服,眼帘也是懒洋洋的挂不起来,心里满是流膏似的感想,辽远的回忆,甜美的惆怅,闪光的希冀,微笑的情调一齐兜上方寸灵台时——"in a low, tremulous undertone"②——开诵济慈的《夜莺歌》,那才对劲儿!

这不是清醒时的说话;这是半梦呓的私语:心里畅快地压

---

① 龚云甫(1862—1932),京剧演员,擅长老旦戏。下文中的"她",是指他的角色身份。
② 这句英文的意思是:"低沉颤抖的呜咿。"

迫太重了流出口来绻缱的细语——我们用散文译过他的意思来看：——

（一）"这唱歌的，唱这样神妙的歌的，决不是一只平常的鸟；她一定是一个树林里美丽的女神，有翅膀会得飞翔的。她真乐呀，你听独自在黑夜的树林里，在架干交叉，浓荫如织的青林里，她畅快地开放她的歌调，赞美着初夏的美景，我在这里听她唱，听的时候已经很多，她还是恣情地唱着；啊，我真被她的歌声迷醉了，我不敢羡慕她的清福，但我却让她无边的欢畅催眠住了，我像是服了一剂麻药，或是喝尽了一剂鸦片汁，要不然为什么这睡昏昏思离离的像进了黑甜乡似的，我感觉着一种微倦的麻痹，我太快活了，这快感太尖锐了，竟使我心房隐隐地生痛了！"

（二）"你还是不倦地唱着——在你的歌声里我听出了最香洌的美酒的味儿。啊，喝一杯陈年的真葡萄酿多痛快呀！那葡萄是长在暖和的南方的，普鲁冈斯那种地方，那边有的是幸福与欢乐，他们男的女的整天在宽阔的太阳光底下作乐，有的携着手跳春舞，有的弹着琴唱恋歌；再加那遍野的香草与各样的树馨——在这快乐的地土下他们有酒窖埋着美酒。现在酒味益发的澄静，香洌了。真美呀，真充满了南国的乡土精神的美酒，我要来引满一杯，这酒好比是希宝克林灵泉的泉水，在日光里潋潋发虹光的清泉，我拿一只古爵盛一个扑满。啊，看呀！这珍珠似的酒沫在这杯边上发瞬，这杯口也叫紫色的浓浆染一个鲜艳；你看看，我

海滩上种花

这一口就把这一大杯酒吞了下去——这才真醉了,我的神魂就脱离了躯壳,幽幽地辞别了世界,跟着你清唱的音响,像一个影子似淡淡地掩入了你那暗沉沉的林中。"

(三)"想起这世界真叫人伤心。我是无沾恋的,巴不得有机会可以逃避,可以忘怀种种不如意的现象,不比你在青林茂荫里过无忧的生活,你不知道也无须过问我们这寒伧的世界,我们这里有的是热病、厌倦、烦恼,平常朋友们见面时只是愁颜相对,你听我的牢骚,我听你的哀怨;老年人耗尽了精力,听凭痹症摇落他们仅存的几茎可怜的白发;年轻人也是叫不如意事蚀空了,满脸的憔悴,消瘦得像一个鬼影,再不然就进墓门;真是除非你不想他,你要一想的时候就不由得你发愁,不由得你眼睛里钝迟迟的充满了绝望的晦色;美更不必说,也许难得在这里,那里,偶然露一点痕迹,但是转瞬间就变成落花流水似没了,春光是挽留不住的,爱美的人也不是没有,但美景既不常驻人间,我们至多只能实现暂时的享受,笑口不曾全开,愁颜又回来了!因此我只想顺着你歌声离别这世界,忘却这世界,解化这忧郁沉沉的知觉。"

(四)"人间真不值得留恋,去吧,去吧!我也不必乞灵于培克司(酒神)与他那宝辇前的文豹,只凭诗情无形的翅膀我也可以飞上你那里去。啊,果然来了!到了你的境界了!这林子里的夜是多温柔呀,也许皇后似的明月此时正在她天中的宝座上坐着,周围无数的星辰像侍臣似的拱着她。但这夜却是黑,暗阴阴

这林子里梦沉沉的不漏光亮，我脚下踏着的不知道是什么花，树枝上渗下来的清馨也辨不清是什么香；在这薰香的黑暗中我只能按着这时令猜度这时候青草里，矮丛里，野果树上的各色花香；——乳白色的山楂花，有刺的野蔷薇，在叶丛里掩盖着的芝罗兰已快萎谢了，还有初夏最早开的麝香玫瑰，这时候准是满承着新鲜的露酿，不久天暖和了，到了黄昏时候，这些花堆里多的是采花来的飞虫。

的没有光亮，只有偶然天风过路时把这青翠荫蔽吹动，让半亮的天光丝丝的漏下来，照出我脚下青茵浓密的地土。"

（五）"这林子里梦沉沉的不漏光亮，我脚下踏着的不知道是什么花，树枝上渗下来的清馨也辨不清是什么香；在这薰香的黑暗中我只能按着这时令猜度这时候青草里，矮丛里，野果树上的各色花香；——乳白色的山楂花，有刺的野蔷薇，在叶丛里掩盖着的芝罗兰已快萎谢了，还有初夏最早开的麝香玫瑰，这时候准是满承着新鲜的露酿，不久天暖和了，到了黄昏时候，这些花堆里多的是采花来的飞虫。"

我们要注意从第一段到第五段是一顺下来的：第一段是乐极了的谵语，接着第二段声调跟着南方的阳光放亮了一些，但情调还是一路的缠绵。第三段稍为激起一点浪纹，迷离中夹着一点自觉的愤慨，到第四段又沉了下去，从"already with thee！"①起，语调又极幽微，像是小孩子走入了一个阴凉的地窖子，骨髓里觉着凉，心里却觉着半害怕的特别意味，他低低地说着话，带颤动的，断续的；又像是朝上风来吹断清梦时的情调；他的诗魂在林子的黑荫里闻着各种看不见的花草的香味，私下一一的猜测诉说，像是山涧平流入湖水时的尾声……这第六段的声调与情调可全变了；先前只是畅快的惆怅，这下竟是极乐的谵语了。他乐极

---

① 这句英文的意思是："早已和你在一起。"

海滩上种花

了，他的灵魂取得了无边的解脱与自由，他就想永保这最痛快的俄顷，就在这时候轻轻的把最后的呼吸和入了空间，这无形的消灭便是极乐的永生；他在另一首诗里说——

> I know this being's lease,
> My fancy to its utmost bliss spreads,
> Yet could I on this very midnight cease,
> And the worlds gaudy ensign see in shreds;
> Verse, Fame and beauty are intense indeed,
> But Death intenser—Death is Life's high Meed.

在他看来，（或是在他想来），"生"是有限的，生的幸福也是有限的——诗，声名与美是我们活着时最高的理想，但都不及死，因为死是无限的，解化的，与无尽流的精神相投契的，死才是生命最高的蜜酒，一切的理想在生前只能部分的，相对的实现，但在死里却是整体的绝对的谐合，因为在自由最博大的死的境界中一切不调谐的全调谐了，一切不完全的都完全了，他这一段用的几个状词要注意，他的死不是苦痛；是"Easeful Death"舒服的，或是竟可以翻作"逍遥的死"；还有他说"Quiet Breath"，幽静或是幽静的呼吸，这个观念在济慈诗里常见，很可注意；他在一处排列他得意的幽静的比象——

AUTUMN SUNS

Smiling at eve upon the quiet sheaves.

Sweet Sapphos Cheek — a sleeping infant's
 breath —

The gradual sand that through an hour glass
 runs

A woodland rivulet, a Poet's death.

秋田里的晚霞,沙浮①女诗人的香腮,睡孩的呼吸,光阴渐缓的流沙,山林里的小溪,诗人的死。他诗里充满着静的,也许香艳的,美丽的静的意境,正如雪莱的诗里无处不是动,生命的振动,剧烈的,有色彩的,嘹亮的。我们可以拿济慈的《秋歌》对照雪莱的《西风歌》,济慈的"夜莺"对比雪莱的"云雀",济慈的"忧郁"对比雪莱的"云",一是动、舞、生命、精华的、光亮的、搏动的生命,一是静、幽、甜熟的、渐缓的"奢侈"的死,比生命更深奥更博大的死,那就是永生。懂了他的生死的概念我们再来解释他的诗:

(六)"但是我一面正在猜测着这青林里的这样那样,夜莺她

---

① 沙浮,通译莎福(前7—前6世纪),古希腊女诗人。

海滩上种花

还是不歇地唱着,这回唱得更浓更烈了。(先前只像荷池里的雨声,调虽急,韵节还是很匀净的;现在竟像是大块的骤雨落在盛开的丁香林中,这白英在狂颤中缤纷地堕地,雨中的一阵香雨,声调急促极了。)所以他竟想在这极乐中静静地解化,平安地死去,所以他竟与无痛苦的解脱发生了恋爱,昏昏地随口编着钟爱的名字唱着赞美他,要他领了他永别这生的世界,投入永生的世界。这死所以不仅不是痛苦,真是最高的幸福,不仅不是不幸,并且是一个极大的奢侈;不仅不是消极的寂灭,这正是真生命的实现。在这青林中,在这半夜里,在这美妙的歌声里,轻轻地挑破了生命的水泡,啊,去吧!同时你在歌声中倾吐了你的内蕴的灵性,放胆的尽性的狂歌好像你在这黑暗里看出比光明更光明的光明,在你的叶荫中实现了比快乐更快乐的快乐;——我即使死了,你还是继续的唱着,直唱到我听不着,变成了土,你还是永远地唱着。"

  这是全诗精神最饱满音调最神灵的一节,接着上段死的意思与永生的意思,他从自己又回想到那鸟的身上,他想我可以在这歌声里消散,但这歌声的本体呢?听歌的人可以由生入死,由死得生,这唱歌的鸟,又怎样呢?以前的六节都是低调,就是第六节调虽变,音还是像在浪花里浮沉着的一张叶片,浪花上涌时叶片上涌,浪花低伏时叶片也低伏;但这第七节是到了最高点,到了急调中的急调——诗人的情绪,和着鸟的歌声,尽情地涌了出来：他的迷醉中的诗魂已经到了梦与醒的边界。

这节里Ruth①的本事是在旧约书里The Book of Ruth②，她是嫁给一个客民的，后来丈夫死了，她的姑要回老家，叫她也回自己的家再嫁人去，罗司一定不肯，情愿跟着她的姑到外国去守寡，后来他在麦田里收麦，她常常想着她的本乡，济慈就应用这段故事。

（七）"方才我想到死与灭亡，但是你，不死的鸟呀，你是永远没有灭亡的日子，你的歌声就是你不死的一个凭证。时化尽迁异，人事尽变化，你的音乐还是永远不受损伤，今晚上我在此地听你，这歌声还不是在几千年前已经在着，富贵的王子曾经听过你，卑贱的农夫也听过你：也许当初罗司那孩子在黄昏时站在异邦的田里割麦，他眼里含着一包眼泪思念故乡的时候，这同样的歌声，曾经从林子里透出来，给她精神的慰安，也许在中古时期幻术家在海上变出蓬莱仙岛，在波心里起造着楼阁，在这里面住着他们摄取来的美丽的女郎，她们凭着窗户望海思乡时，你的歌声也曾经感动她们的心灵，给他们平安与愉快。"

（八）这段是全诗的一个总束，夜莺放歌的一个总束，也可以说人生的大梦的一个总束。他这诗里有两相对的（动机）；一个是这现世界，与这面目可憎的实际的生活：这是他巴不得逃避，巴

---

① Ruth，通译露丝（本文译作罗司），圣经《旧约·路得记》中的一个人物。不过，济慈的《夜莺颂》至第七节才用到这个典故，徐志摩这里把她错到第六节里去了。
② The Book of Ruth，即《旧约·路得记》。

海滩上种花

不得忘却的，一个是超现实的世界，音乐声中不朽的生命，这是他所想望的，他要实现的，他愿意解脱了不完全暂时的生为要化入这完全的永久的生。他如何去法，凭酒的力量可以去，凭诗的无形的翅膀亦可以飞出尘寰，或是听着夜莺不断的唱声也可以完全忘却这现世界的种种烦恼。他去了，他化入了温柔的黑夜，化入了神灵的歌声——他就是夜莺；夜莺就是他。夜莺低唱时他也低唱，高唱时他也高唱，我们辨不清谁是谁，第六第七段充分发挥"完全的永久的生"那个动机，天空里，黑夜里已经充塞了音乐——所以在这里最高的急调尾声一个字音forlorn里转回到那一个动机，他所从来那个现实的世界，往来穿着的还是那一条线，音调的接合，转变处也极自然；最后糅和那两个相反的动机，用醒（现世界）与梦（想象世界）结合全文，像拿一块石子掷入山壑内的深潭里，你听那音响又清切又谐和，余音还在山壑里回荡着，使你想见那石块慢慢地，慢慢地沉入了无底的深潭……音乐完了，梦醒了，血呕尽了，夜莺死了！但他的余韵却袅袅地永远在宇宙间回响着……

十三年十二月二日夜半

（原刊1925年2月《小说月报》第16卷第2号，收入《巴黎的鳞爪》）

拜 伦

诗人拜伦独自站在梅索吉昂（希腊西海岸城市）的滩边，看着潮起潮落的海水、连绵的沙碛、卑陋的草屋、残破的古庙遗迹、空中飞舞的海鸥……想到了古希腊的容华、雅典的哲学、威武的斯巴达。虽然这些都是遥远的事情，但是这些是事情里面追求自由的意识至今仍然闪耀着光辉，呼唤着诗人，引领着诗人来到革命的最前线。

诗人拜伦独自站在梅索吉昂（希腊西海岸城市）的滩边，回想自己三十六年的光阴已经在时间中埋葬：爱与恨，得知与屈辱，盛名与怨诅……一切都没有丝毫的价值——诗歌已经够了。诗人要鼓起自己的剩余的年华，带领着军队，去实现现实的自由。

海滩上种花

> 荡荡万斛船，影若扬白虹。
> 自非风动天，莫置大水中。
>
> ——杜甫

今天早上，我的书桌上散放着一叠书，我伸手提起一支毛笔蘸饱了墨水正想下笔写的时候，一个朋友走进屋子来，打断了我的思路。"你想做什么？"他说。"还债，"我说，"一辈子只是还不清的债，开销了这一个，那一个又来，像长安街上要饭的一样，你一开头就糟。这一次是为他，"我手点着一本书里Westall[①]画的拜伦像（原本现在伦敦肖像画院）。"为谁，拜伦！"那位朋友的口音里夹杂了一些鄙夷的鼻音。"不仅做文章，还想替他开会哪，"我跟着说。"哼，真有工夫，又是戴东原[②]那一套。"——那位先生发议论了——"忙着替死鬼开会演说追悼，哼！我们自己的祖祖宗宗的生忌死忌，春祭秋祭，先就忙不开，还来管姓呆姓摆的出世去世；中国鬼也就够受，还来张罗洋鬼！俄国共产党的爸爸死了，北京也听见悲声，上海广东也听见哀声；书呆子的退伍总统死了，又来一个同声一哭。二百年前的戴东原还不是一个一头黄毛一身奶臭一把鼻涕一把尿的娃娃，与我们什么相干，又用得着我们的正颜厉色开大会做论文！现在真是愈出愈奇

[①] Westall，通译韦斯托尔（1765—1863），英国画家。
[②] 戴东原，即戴震（1724—1777），清代学者，对经学、语言有重要贡献，被称为一代考据大师。

了，什么，连拜伦也得利益均沾，又不是疯了，你们无事忙的文学先生们！谁是拜伦？一个滥笔头的诗人，一个宗教家说的罪人，一个花花公子，一个贵族。就使追悼会纪念会是现代的时髦，你也得想想受追悼的配不配，也得想想跟你们所谓时代精神合适不合适，拜伦是贵族，你们贵国是一等的民生共和国，哪里有贵族的位置？拜伦又没有发明什么苏维埃，又没有做过世界和平的大梦，更没有用科学方法整理过国故，他只是一个拐腿的纨绔诗人，一百年前也许出过他的风头，现在埋在英国纽斯推德[①]（Newstead）的贵首头都早烂透了，为他也来开纪念会，哼，他配！讲到拜伦的诗你们也许与苏和尚[②]的脾味合得上，看得出好处，这是你们的福气——要我看他的诗也不见得比他的骨头活得了多少。并且小心，拜伦倒是条好汉，他就恨盲目地崇拜，回头你们东抄西剿地忙着做文章想是讨好他，小心他的鬼魂到你梦里来大声地骂你一顿！"

那位先生大发牢骚的时候，我已经抽了半支的烟，眼看着缭绕的氤氲，耐心地挨他的骂，方才想好赞美拜伦的文章也早已变成了烟丝飞散：我呆呆地靠在椅背上出神了；——

拜伦是真死了不是？全朽了不是？真没有价值，真不该替他

---

① 纽斯推德，通译斯泰德，是一处修道院庄园，原为拜伦家族的领地。
② 苏和尚，即苏曼殊（1884—1918），近代作家、艺术家，早年留学日本，后为僧。他翻译过拜伦的作品。

海滩上种花

揄扬传布不是？

　　眼前扯起了一重重的雾幔，灰色的、紫色的，最后呈现了一个惊人的造像。最纯粹、光净的白石雕成的一个人头，供在一架五尺高的檀木几上，放射出异样的光辉，像是阿博洛[①]，给人类光明的大神，凡人从没有这样庄严的"天庭"，这样不可侵犯的眉宇，这样的头颅，但是不，不是阿博洛，他没有那样骄傲的锋芒的大眼，像是阿尔帕斯山[②]南的蓝天，像是威尼市[③]的落日，无限的高远，无比的壮丽，人间的万花镜的展览反映在他的圆睛中，只是一层鄙夷的薄翳；阿博洛也没有那样美丽的发鬈，像紫葡萄似的一穗穗贴在花岗石的墙边；他也没有那样不可信的口唇，小爱神背上的小弓也比不上他的精致，口角边微露着厌世的表情，像是蛇身上的文彩，你明知是恶毒的，但你不能否认他的艳丽；给我们弦琴与长笛的大神也没有那样圆整的鼻孔，使我们想象他的生命的剧烈与伟大，像是大火山的决口……

　　不，他不是神，他是凡人，比神更可怕更可爱的凡人，他生前在红尘的狂涛中沐浴，洗涤他的遍体的斑点，最后他踏脚在浪花的顶尖，在阳光中呈露他的无瑕的肌肤，他的骄傲，他的力

[①] 阿博洛，通译阿波罗，希腊神话中的太阳神。
[②] 阿尔帕斯山，通译阿尔卑斯山，欧洲大陆最大的山脉。
[③] 威尼市，通译威尼斯，意大利东北部港口城市，濒临亚得里亚海。

量,他的壮丽,是天上瑳奕司①与玖必德②的忧愁。

他是一个美丽的恶魔,一个光荣的叛儿。

一片水晶似的柔波,像一面晶莹的明镜,照出白头的"少女",闪亮的"黄金箧""快乐的阿翁"。此地更没有海潮的啸响,只有草虫的讴歌,醉人的树色与花香,与温柔的水声,小妹子的私语似的,在湖边吞咽。山上有急湍,有冰河,有漫天的松林,有奇伟的石景。瀑布像是疯癫的恋人,在荆棘丛中跳跃,从巉岩上滚坠,在磊石间震碎,激起无量数的珠子,圆的、长的、乳白色的、透明的,阳光斜落在急流的中腰,幻成五彩的虹纹。这急湍的顶上是一座突出的危崖,像一个猛兽的头颅,两旁幽邃的松林,像是一颈的长鬣,一阵阵的瀑雷,像是他的吼声。在这绝壁的边沿站着一个丈夫,一个不凡的男子,怪石一般的峥嵘。朝旭一般的美丽,劲瀑似的桀骜,松林似的忧郁。他站着,交抱着手臂,翻起一双大眼,凝视着无极的青天,三个阿尔帕斯的鸷鹰在他的头顶不息地盘旋;水声,松涛的呜咽,牧羊人的笛声,前峰的崩雪声——他凝神地听着。

只要一滑足,只要一纵身,他想,这躯壳便崩雪似的坠入深潭,粉碎在美丽的水花中,这些大自然的谐音便是赞美他寂灭的丧钟。他是一个骄子:人间踏烂的蹊径不是为他准备的,也不是人间

---

① 瑳奕司,通译枯瑞忒斯,希腊神话中伴随瑞亚为宙斯降生寻找安全地方的人。
② 玖必德,通译朱庇特,罗马神话中的大神,也即希腊神话中的宙斯。

海滩上种花

的镣链可以锁住他的鸷鸟的翅羽。他曾经丈量过巴南苏斯的群峰，曾经搏斗过海理士彭德海峡的凶涛，曾经在马拉松放歌，曾经在爱琴海边狂啸，曾经践踏过滑铁卢的泥土，这里面埋着一个败灭的帝国。他曾经实现过西撒凯旋时的光荣，丹桂笼住他的发鬓，玫瑰承住他的脚踪，但他也免不了他的滑铁卢；运命是不可测的恐怖，征服的背后隐着侮辱的狞笑，御座的周遭显现了狴犴的幻景；现在他的遍体的斑痕，都是诽毁的箭镞，不更是繁花的装缀，虽则在他的无瑕的体肤上一样的不曾停留些微污损……太阳也有他的淹没的时候，但是谁能忘记他临照时的光焰？

> What is life, what is death, and what are we.
> That when the ship sinks, we no longer may be.①

虬哪②（Juno）发怒了。天变了颜色，湖面也变了颜色。四周的山峰都披上了黑雾的袍服，吐出迅捷的火舌，摇动着，仿佛是相互的示威，雷声像猛兽似的在山坳里咆哮、跳荡，石卵似的

---

① 这些诗句的大意是："什么是生，什么是死，我们又是何物。当船只沉没，我们也许不复存在。"
② 虬哪，通译朱诺，罗马神话中大神朱庇特的妻子，天后。即希腊神话中的赫拉。

雨块，随着风势打击着一湖的磷光，这时候（一八一六年，六月十五日）仿佛是爱俪儿①（Ariel）的精灵耸身在绞绕的云中，默唪着咒语，眼看着——

> Jove's lightnings, the precursors
>
> O'the dreadful thunder—claps...
>
> The fire and cracks
>
> Of sulphurous roaring the most mighty
>
> Neptune
>
> Seem to besiege and make his bold
>
> waves tremble,
>
> Yea, his dread tridents shake.
>
> （Tem est）②

在这大风涛中，在湖的东岸，龙河③（Rhone）合流的附近，在小屿与白沫间，漂浮着一只疲乏的小舟，扯烂的布帆，破碎的尾舵，冲当着巨浪的打击，舟子只是着忙的祷告。乘客也失去了镇

---

① 爱俪儿，莎士比亚戏剧《暴风雨》中的精灵。
② 这些诗句的大意是："朱庇特的闪电，可怕的霹雳的先兆……火光，狂怒喧嚣的雷鸣当空劈裂，威风凛凛的尼普顿（罗马神话中的海神）眼遭围攻，使他的怒涛胆战心惊，使他可怕的三叉戟不住地摇晃。"
③ 龙河，通译罗讷河，流经瑞士和法国的一条大河。

海滩上种花

定,都已脱卸了外衣,准备与涛澜搏斗。这正是卢骚的故乡,那小舟的历险处又恰巧是玖荔亚与圣潘罗（Julia and St. Preux）遇难的名迹。舟中人有一个美貌的少年是不会泅水的①,但他却从不介意他自己的骸骨的安全,他那时满心的忧虑,只怕是船翻时连累他的友人为他冒险,因为他的友人是最不怕险恶的,厄难只是他的雄心的激刺,他曾经狎侮爱琴海与地中海的怒涛,何况这有限的梨梦湖②中的掀动,他交叉着手,静看着萨福埃③（Savoy）的雪峰,在云罅里隐现。这是历史上一个稀有的奇逢,在近代革命精神的始祖神感的胜处,在天地震怒的俄顷,载在同一的舟中。一对共患难的,伟大的诗魂,一对美丽的恶魔,一对光荣的叛儿!

他站在梅锁朗奇④（Mesolonghi）的滩边（一八二四年,一月,四至二十二日）。海水在夕阳里起伏,周遭静瑟瑟的莫有人迹,只有连绵的砂碛,几处卑陋的草屋,古庙宇残圮的遗迹,三两株灰苍色的柱廊,天空飞舞着几只阔翅的海鸥,一片荒凉的暮景。他站在滩边,默想古希腊的荣华,雅典的文章,斯巴达的雄武,晚霞的颜色二千年来不曾消灭,但自由的鬼魂究不曾在海砂

---

① 这位不会泅水的美少年即雪莱。
② 梨梦湖,通译莱蒙湖,即日内瓦湖。
③ 萨福埃,通译萨沃伊,法国东南部的山区,位于瑞士日内瓦湖正南,属阿尔卑斯山区地形。
④ 梅锁朗奇,通译梅索朗吉昂,希腊西海岸城市。拜伦投身希腊革命时,率领一支招募的队伍在此登陆,未久患病谢世。

上留存些微痕迹……他独自地站着，默想他自己的身世，三十六年的光阴已在时间的灰烬中埋着，爱与憎，得志与屈辱：盛名与怨诅，志愿与罪恶，故乡与知友，威尼市的流水，罗马古剧场的夜色，阿尔帕斯的白雪，大自然的美景与愤怒，反叛的磨折与尊荣，自由的实现与梦境的消残……他看着海砂上映着的曼长的身形，凉风拂动着他的衣裾——寂寞的天地间的一个寂寞的伴侣——他的灵魂中不由地激起了一阵感慨的狂潮，他把手掌埋没了头面。此时日轮已经翳隐，天上星先后的显现，在这美丽的瞑色中，流动着诗人的吟声，像是松风，像是海涛，像是蓝奥孔①苦痛的呼声，像是海伦娜岛上绝望的吁欢：——

  'Tis time this heart should be unmoved,
    Since others it hath ceased to move:
  Yet, though I cannot be beloved,
    Still let me love!

  My days are in the yellow leaf;
    The flowers and fruits of love are gone;
  The worm, the canker, and the grief

---

① 蓝奥孔，通译拉奥孔，希腊神话中阿波罗或波塞冬的祭司。他企图阻止希腊人攻取特洛亚城，触犯天神，神派了两条巨蛇把他和他的两个儿子缠绕致死。

海滩上种花

       Are mine alone!

The fire that on my bosom preys

  Is lone as some volcanic isle;

No torch is kindled at its blaze

      A funeral pile.

The hope, the fear, the jealous care,

  The exalted portion of the pain

And power of love I cannot share,

      But wear the chain.

But'tis not *thus* — and'tis not *here*

  Such thoughts should shake my soul, nor *now*,

Where Glory decks the hero's bier

      Or binds his brow.

The sword, the Banner, and the Field,

  Glory and Greece around us see!

The Spartan born upon his shield

      Was not more free.

Awake (not Greece—she is awake!)

    Awake, my Spirit! Think through *whom*

The life—blood tracks its parent lake,

        And then strike home!

Tread those reviving passions down

    Unworthy Manhood—unto thee

Indifferent should the smile or frown

        Of beauty be.

If thou regret'st thy Youth, *why live?*

    The land of honorable Death

Is here:—up to the field, and give

        Away thy breath!

Seek out—less often sought than found—

    A Soldier's Grave, for thee the best;

Then look around, and choose thy ground,

        And take thy rest.

海滩上种花

年岁已经僵化我的柔心，
我再不能感召他人的同情；
但我虽则不敢想望恋与怜，
我不愿无情！

往日已随黄叶枯萎，飘零；
恋情的花与果更不留踪影，
只剩有腐土与虫与怆心，
长伴前途的光阴！

烧不尽的烈焰在我的胸前，
孤独的，像一个喷火的荒岛；
更有谁凭吊，更有谁怜——
一堆残骸的焚烧！

希冀，恐惧，灵魂的忧焦，
恋爱的灵感与苦痛与蜜甜，
我再不能尝味，再不能自傲——
我投入了监牢！

但此地是古英雄的乡国，

白云中有不朽的灵光,
我不当怨艾,惆怅,为什么
这无端的凄惶?

希腊与荣光,军旗与剑器,
古战场的尘埃,在我的周遭,
古勇士也应慕羡我的际遇,
此地,今朝!

苏醒!(不是希腊——她早已惊起!)
苏醒,我的灵魂!问谁是你的
血液的泉源,休辜负这时机,
鼓舞你的勇气!

丈夫!休教已往的沾恋
梦魇似的压迫你的心胸。
美妇人的笑与颦的婉恋,
更不当容宠!

再休眷念你的消失的青年,
此地是健儿殉身的乡土,

海滩上种花

听否战场的军鼓，向前，
毁灭你的体肤！

只求一个战士的墓窟，
收束你的生命，你的光阴；
去选择你的归宿的地域，
自此安宁。

他念完了诗句，只觉得遍体的狂热，壅住了呼吸，他就把外衣脱下，走入水中，向着浪头的白沫里耸身一窜，像一只海豹似的，鼓动着鳍脚，在铁青色的水波里泳了出去……

"冲锋，冲锋，跟我来！"

冲锋，冲锋，跟我来！这不是早一百年拜伦在希腊梅锁龙奇临死前昏迷时说的话？那时他的热血已经让冷血的医生给放完了，但是他的争自由的旗帜却还是紧紧地擎在他的手里……

再迟八年，一位八十二岁的老翁也在他的解脱前，喊一声"More light！"①

"不够光亮！""冲锋，冲锋，跟我来！"

---

① "More light！""更多光明！"

火热的烟灰掉在我的手背上,惊醒了我的出神,我正想开口答复那位朋友的讥讽,谁知道睁眼看时,他早溜了!

(原刊1924年4月《小说月报》第15卷第4号,
收入《巴黎的鳞爪》)

罗曼·罗兰

罗曼·罗兰是谁？是诺贝尔文学奖获得者？是法国的著名作家？是一个音乐教授……这些答案都只概括了他的一方面。他一生的理想是：打破我执的偏见来认识精神的统一；打破国界的偏见来认识人道的统一。

然而，罗曼·罗兰在践行追求理想的道路上处处碰壁。他没有放弃。因为，他明白：人生是艰难的。谁甘愿承受庸俗，这辈子就是不断地奋斗。没有光彩，没有幸福，独自在孤单与沉默中挣扎。即使穷困压着，家累累着，无意味的沉闷的工作消耗精力，没有欢欣，没有希冀，没有同伴……也必须面对！勇敢地面对！

罗曼·罗兰①（Romain Rolland），这个美丽的音乐的名字，究竟代表些什么？他为什么值得国际的敬仰，他的生日为什么值得国际的庆祝？他的名字，在我们多少知道他的几个人的心里，引起些个什么？他是否值得我们已经认识他思想与景仰他人格的更亲切地认识他，更亲切地景仰他；从不曾接近他的赶快从他的作品里去接近他？

一个伟大的作者如罗曼·罗兰或托尔斯泰，正是一条大河，它那波澜，它那曲折，它那气象，随处不同，我们不能划出它的一湾一角来代表它那全流。我们有幸福在书本上结识他们的正比是尼罗河或扬子江沿岸的泥坷，各按我们的受量分沾他们的润泽的恩惠罢了。说起这两位作者——托尔斯泰与罗曼·罗兰：他们灵感的泉源是同一的，他们的使命是同一的，他们在精神上有相互的默契（详后），仿佛上天从不教他的灵光在世上完全灭迹，所以在这普遍的混浊与黑暗的世界内往往有这类禀承灵智的大天才在我们中间指点迷途，启示光明。但他们也自有他们不同的地方；如其我们还是引申上面这个比喻，托尔斯泰、罗曼·罗兰的前人，就更像是尼罗河的流域，它那两岸是浩瀚的沙碛，古埃及的墓宫，三角金字塔的映影，高矗的棕榈类的林木，间或有帐幕的游行队，天顶永远有异样的明星；罗曼·罗兰、托尔斯泰的后

---

① 罗曼·罗兰，现于名字和姓氏之间加一间隔号，写作罗曼·罗兰（1866—1944）。他是法国作家，著有长篇小说《约翰·克里斯朵夫》《欣悦的灵魂》等。

海滩上种花

人，像是扬子江的流域，更近人间，更近人情的大河，它那两岸是青绿的桑麻，是连栉的房屋，在波鳞里沤着的是鱼是虾，不是长牙齿的鳄鱼，岸边听得见的也不是神秘的驼铃，是随熟的鸡犬声。这也许是斯拉夫与拉丁民族各有的异禀，在这两位大师的身上得到更集中的表现，但他们润泽这苦旱的人间的使命是一致的。

十五年前一个下午，在巴黎的大街上，有一个穿马路的叫汽车给碰了，差一点没有死。他就是罗曼·罗兰。那天他要是死了，巴黎也不会怎样的注意，至多报纸上本地新闻栏里登一条小字："汽车肇祸，撞死一个走路的，叫罗曼·罗兰，年四十五岁，在大学里当过音乐史教授，曾经办过一种不出名的杂志叫Cahiers de la Quinzaine①的。"但罗兰不死，他不能死；他还得完成他分定的使命。在欧战爆裂的那一年，罗兰的天才，五十年来在无名的黑暗里埋着的，忽然取得了普遍的认识。从此他不仅是全欧心智与精神的领袖，他也是全世界一个灵感的泉源。他的声音仿佛是最高峰上的崩雪，回响在远远的万壑间。五年的大战毁了无数的生命与文化的成绩，但毁不了的是人类几个基本的信念与理想，在这无形的精神价值的战场上，罗兰永远是一个不仆的英雄。对着在恶斗的旋涡里挣扎着的全欧，罗兰喊一声彼此是弟兄放手！对

---

① Cahiers de la Quinzaine，即《半月丛刊》。

着蜘网似密布，疫疠似蔓延的怨恨，仇毒，虚妄，疯癫，罗兰集中他孤独的理智与情感的力量作战。对着普遍破坏的现象，罗兰伸出他单独的臂膀开始组织人道的势力。对着叫褊浅的国家主义与恶毒的报复本能迷惑住的智识阶级，他大声地唤醒他们应负的责任，要他们恢复思想的独立，救济盲目的群众。"在战场的空中"——"Above the Battle Field"①——不是在战场上，在各民族共同的天空，不是在一国的领土内，我们听得罗兰的大声，也就是人道的呼声，像一阵光明的骤雨，激斗着地面上互杀的烈焰。罗兰的作战是有结果的，他联合了国际间自由的心灵，替未来的和平筑一层有力的基础。这是他自己的话：

我们从战争得到一个付重价的利益，它替我们联合了各民族中不甘受流行的种族怨毒支配的心灵。这次的教训益发激励他们的精力，强固他们的意志。谁说人类友爱是一个绝望的理想？我再不怀疑未来的全欧一致的结合。我们不久可以实现那精神的统一。这战争只是它的热血的洗礼。

这是罗兰，勇敢的人道的战士！当他全国的刀锋一致向着德人的时候，他敢说不，真正的敌人是你们自己心怀里的仇毒。当全欧破碎成不可收拾的断片时，他想象到人类更完美的精神的统

---

① "Above the Battle Field"，通译《超越混乱之上》，是罗曼·罗兰关于第一次世界大战的一本政论集。徐志摩这里译作"在战场的空中"，似未准确。

海滩上种花

一。友爱与同情，他相信，永远是打倒仇恨与怨毒的利器；他永远不怀疑他的理想是最后的胜利者。在他的前面有托尔斯泰与道施滔奄夫斯基[①]（虽则思想的形式不同）他的同时有泰戈尔与甘地（他们的思想的形式也不同），他们的立场是在高山的顶上，他们的视域在时间上是历史的全部，在空间里是人类的全体，他们的声音是天空里的雷震，他们的赠予是精神的慰安。我们都是牢狱里的囚犯，镣铐压住的，铁栏锢住的，难得有一丝雪亮暖和的阳光照上我们黝黑的脸面，难得有喜雀过路的欢声清醒我们昏沉的头脑。"重浊"，罗兰开始他的《贝德花芬传》[②]：

> 重浊是我们周围的空气。这世界是叫一种凝厚的污浊的秽息给闷住了……一种卑琐的物质压在我们的心里，压在我们的头上，叫所有民族与个人失却了自由工作的机会。我们会让掐住了转不过气来。来，让我们打开窗子好叫天空自由的空气进来，好叫我们呼吸古英雄们的呼吸。

打破我执的偏见来认识精神的统一；打破国界的偏见来认识人道的统一。这是罗兰与他同理想者的教训。解脱怨毒的束缚来实现思想的自由；反抗时代的压迫来恢复性灵的尊严。这是罗兰与他同理想者的教训。人生原是与苦俱来的；我们来做人的名

[①] 道施滔奄夫斯基，通译陀思妥耶夫斯基（1821—1881），俄国作家。
[②] 贝德花芬，通译贝多芬（1770—1827），德国作曲家。

分不是咒诅人生因为它给我们苦痛，我们正应在苦痛中学习，修养，觉悟，在苦痛中发现我们内蕴的宝藏，在苦痛中领会人生的真际。英雄，罗兰最崇拜如密仡朗其罗①与贝德花芬一类人道的英雄，不是别的，只是伟大的耐苦者。那些不朽的艺术家，谁不曾在苦痛中实现生命，实现艺术，实现宗教，实现一切的奥义？自己是个深感苦痛者，他推致他的同情给世上所有的受苦者；在他这受苦，这耐苦，是一种伟大，比事业的伟大更深沉的伟大。他要寻求的是地面上感悲哀感孤独的灵魂。"人生是艰难的。谁不甘愿承受庸俗，他这辈子就是不断地奋斗。并且这往往是苦痛的奋斗，没有光彩没有幸福，独自在孤单与沉默中挣扎。穷困压着你，家累累着你，无意味的沉闷的工作消耗你的精力，没有欢欣，没有希冀，没有同伴，你在这黑暗的道上甚至连一个在不幸中伸手给你的骨肉的机会都没有。"这受苦的概念便是罗兰人生哲学的起点，在这上面他求筑起一座强固的人道的寓所。因此在他有名的传记里他用力传述先贤的苦难生涯，使我们憬悟至少在我们的苦痛里，我们不是孤独的，在我们切己的苦痛里隐藏着人道的消息与线索。"不快活的朋友们，不要过分地自伤，因为最伟大的人们也曾分尝你们的苦味。我们正应得跟着他们的努奋自勉。假如我们觉得软弱，让我们靠着他们喘息。他们有安慰给我

---

① 密仡朗其罗，通译米开朗基罗（1475—1564），意大利文艺复兴盛期的雕塑家、画家。

海滩上种花

们。从他们的精神里放射着精力与仁慈。即使我们不研究他们的作品，即使我们听不到他们的声音，单从他们面上的光彩，单从他们曾经生活过的事实里，我们应得感悟到生命最伟大，最生产——甚至最快乐——的时候是在受苦痛的时候。"

我们不知道罗曼·罗兰先生想象中的新中国是怎样的；我们不知道为什么他特别示意要听他的思想在新中国的回响。但如其他能知道新中国像我们自己知道它一样，他一定感觉与我们更密切的同情，更贴近的关系，也一定更急急地伸手给我们握着——因为你们知道，我也知道，什么是新中国只是新发现的深沉的悲哀与苦痛深深地盘伏在人生的底里！这也许是我个人新中国的解释；但如其有人拿一些时行的口号，什么打倒帝国主义等，或是分裂与猜忌的现象，去报告罗兰先生说这是新中国，我再也不能预料他的感想了。

我已经没有时候与地位叙述罗兰的生平与著述；我只能匆匆地略说梗概。他是一个音乐的天才，在幼年音乐便是他的生命。他妈教他琴，在谐音的波动中他的童心便发现了不可言喻的快乐。莫察德①与贝德花芬是他最早发现的英雄。所以在法国经受普鲁士战争爱国主义最高激的时候，这位年轻的圣人正在"敌人"的作品中尝味最高的艺术。他的自传里写着："我们家里有好多旧的德国音乐书。德国？我懂得那个字的意义？在我们这一带

---

① 莫察德，通译莫扎特（1756—1791），奥地利作曲家。

我相信德国人从没有人见过的。我翻着那一堆旧书,爬在琴上拼出一个个的音符。这些流动的乐音,谐调的细流,灌溉着我的童心,像雨水漫入泥土似的淹了进去。莫察德与贝德花芬的快乐与苦痛,想望的幻梦,渐渐地变成了我的肉的肉,我的骨的骨。我是它们,它们是我。要没有它们我怎过得了我的日子?我小时生病危殆的时候,莫察德的一个调子就像爱人似的贴近我的枕衾看着我。长大的时候,每回逢着怀疑与懊丧,贝德花芬的音乐又在我的心里拨旺了永久生命的火星。每回我精神疲倦了,或是心上有不如意事,我就找我的琴去,在音乐中洗净我的烦愁。"

要认识罗兰的不仅应得读他神光焕发的传记,还得读他十卷的Jean Christophe[①],在这书里他描写他的音乐的经验。

他在学堂里结识了莎士比亚,发现了诗与戏剧的神奇。他的哲学的灵感,与葛德一样,是泛神主义的斯宾诺塞[②]。他早年的朋友是近代法国三大诗人:克洛岱尔[③](Paul Claudel法国驻日大使),Ande Suares[④],与Charles Peguy[⑤](后来与他同办Cahiers de la Quinzaine)。槐格纳[⑥]是压倒一时的天才,也是罗兰与他少年朋

---

① Jean Christophe,即《约翰·克利斯朵夫》,罗曼·罗兰的代表作。
② 斯宾诺塞,又译斯宾诺莎(1632—1677),荷兰哲学家。
③ 克洛岱尔(1868—1955),法国诗人、剧作家、散文作家,二十世纪上半期法国文坛重要人物。
④ Ande Suares,通译安德烈·絮阿雷斯(1868—1948),法国诗人、评论家、剧作家。
⑤ Charles Peguy,通译夏尔·贝玑(1873—1914),法国诗人、哲学家。
⑥ 槐格纳,通译瓦格纳(1813—1883),德国作曲家。

海滩上种花

友们的英雄。但在他个人更重要的一个影响是托尔斯泰。他早就读他的著作，十分的爱慕他，后来他念了他的《艺术论》，那只俄国的老象——用一个偷来的比喻——走进了艺术的花园里去，左一脚踩倒了一盆花，那是莎士比亚，右一脚又踩倒了一盆花，那是贝德花芬，这时候少年的罗曼·罗兰走到了他的思想的歧路了。莎氏、贝氏、托氏，同是他的英雄，但托氏愤愤地申斥莎、贝一流的作者，说他们的艺术都是要不得、不相干的，不是真的人道的艺术——他早年的自己也是要不得不相干的。在罗兰一个热烈的寻求真理者，这来就好似青天里一个霹雳；他再也忍不住他的疑虑。他写了一封信给托尔斯泰，陈述他的冲突的心理。他那年二十二岁。过了几个星期罗兰差不多把那信忘都忘了，一天忽然接到一封邮件：三十八满页写的一封长信，伟大的托尔斯泰的亲笔给这不知名的法国少年的！"亲爱的兄弟，"那六十老人称呼他，"我接到你的第一封信，我深深地受感在心。我念你的信，泪水在我的眼里。"下面说他艺术的见解：我们投入人生的动机不应是为艺术的爱，而应是为人类的爱。只有经受这样灵感的人才可以希望在他的一生实现一些值得一做的事业。这还是他的老话，但少年的罗兰受深彻感动的地方是在这一时代的圣人竟然这样恳切地同情他，安慰他，指示他，一个无名的异邦人。他那时的感奋我们可以约略想象。因此罗兰这几十年来每逢少年人写信给他，他没有不亲笔作复，用一样慈爱诚挚的心对待他的后辈。

这来受他的灵感的少年人更不知多少了。这是一件含奖励性的事实。我们从可以知道凡是一件不勉强的善事就比如春天的熏风，它一路来散布着生命的种子，唤醒活泼的世界。

但罗兰那时离着成名的日子还远，虽则他从幼年起只是不懈地努力。他还得经尝身世的失望（他的结婚是不幸的，近三十年来他几于是完全隐士的生涯，他现在瑞士的鲁山，听说与他妹子同居），种种精神的苦痛，才能实受他的劳力的报酬——他的天才的认识与接受。他写了十二部长篇剧本，三部最著名的传记（密仡朗其罗、贝德花芬、托尔斯泰），十大篇Jean Christophe，算是这时代里最重要的作品的一部，还有他与他的朋友办了十五年灰色的杂志，但他的名字还是在晦塞的灰堆里掩着——直到他将近五十岁那年，这世界方才开始惊讶他的异彩。贝德花芬有几句话，我想可以一样适用到一生劳悴不息的罗兰身上：

我没有朋友，我必得单独过活；但是我知道在我心灵的底里上帝是近着我，比别人更近。我走近他我心里不害怕，我一向认识他的。我从不着急我自己的音乐，那不是坏运所能颠扑的，谁要能懂得它，它就有力量使他解除磨折旁人的苦恼。

（原刊1925年10月31日《晨报副刊》，收入《巴黎的鳞爪》）

我过的端阳节

"我"刚从南口回来,说也奇怪,端午节的天气怎么会这么热,"搞"得"我"四肢筋肉像是被麻绳捆绑着,难受极了;血液只往脑袋里灌,搞得头昏眼花。

但"我"看到哑巴骡夫顶着热辣辣的太阳跑了整天,还是精神抖擞,欢乐快活。他口渴了就在路边的小涧里喝个贴面饱,还不会因喝了生水生病。

"我"想到了原因:我们是文明人,舒服惯了,安逸惯了,几乎开始退化了;稍有一点不适,整个人儿就像是失去了重心,感觉天昏地暗,日月无光;文明是不能离开自然的!

我方才从南口回来。天是真热,朝南的屋子里都到九十度以上,两小时的火车竟如在火窖中受刑,坐起一样的难受。我们今天一早在野鸟开唱以前就起身,不到六时就骑骡出发,除了在永陵休息半小时以外,一直到下午一时余,只是在高度的日光下赶路。我一到家,只觉得四肢的筋肉里像用细麻绳扎紧似的难受,头里的血,像沸水似的急流,神经受了烈性的压迫,仿佛无数烧红的铁条蛇盘似的绞紧在一起……

一进阴凉的屋子,只觉得一阵眩晕从头顶直至踵底,不仅眼前望不清楚,连身子也有些支援不住。我就向着最近的藤椅上瘫了下去,两手按住急颤的前胸,紧闭着眼,纵容内心的浑沌,一片暗黄,一片茶青,一片墨绿,影片似的在倦绝的眼膜上扯过……

直到洗过了澡,神志方才回复清醒,身子也觉得异常的爽快,我就想了……

人啊,你不自己惭愧吗?

野兽,自然的,强悍的,活泼的,美丽的;我只是羡慕你。

什么是文明:只是腐败了的野兽!你若是拿住一个文明惯了的人类,剥了他的衣服装饰,夺了他作伪的工具——语言文字,把他赤裸裸的放在荒野里看看——多么"寒村"①的一个畜生呀!恐怕连长耳朵的小骡儿,都瞧他不起哪!

---

① 寒村,现作寒碜。

海滩上种花

白天，狼虎放平在丛林里睡觉，他躲在树荫底下发痧；

晚上清风在树林中演奏轻微的妙乐，鸟雀儿在巢里做好梦，他倒在一块石上发烧咳嗽——着了凉！

也不等狼虎去商量他有限的皮肉。也不必小雀儿去嘲笑他的懦弱；单是他平常歌颂的艳阳与凉风，甘霖与朝露，已够他的受用：在几小时之内可使他脑子里消灭了金钱、名誉、经济、主义等的虚景，在一半天之内，可使他心窝里消灭了人生的情感悲乐种种的幻象，在三两天之内——如其那时还不曾受淘汰——可使他整个的超出了文明人的丑态，那时就叫他放下两只手来替脚平分走路的负担，他也不以为离奇，抵拚撕破皮肉爬上树去采果子吃，也不会感觉到体面的观念……

平常见了活泼可爱的野兽，就想起红烧野味之美，现在你失去了文明的保障，但求彼此平等待遇两不相犯，已是万分的侥幸……

文明只是个荒谬的状况；文明人只是个凄惨的现象——

我骑在骡上嚷累叫热，跟着哑巴的骡夫，比手势告诉我他整天的跑路，天还不算顶热，他一路很快活的不时采一朵野花，拆一茎麦穗，笑他古怪的笑，唱他哑巴的歌；我们到了客寓喝冰汽水喘息，他路过一条小涧时，扑下去喝一个贴面饱，同行的有一位说："真的，他们这样的胡喝，就不会害病，真贱！"

回头上了头等车坐在皮椅上嚷累叫热，又是一瓶两瓶的冰水，还怪嫌车里不安电扇；同时前面火车头里司机的加煤的，在一百四五十度的高温里笑他们的笑，谈他们的谈……

田里刈麦的农夫拱着棕黑色的裸背在工作，从早起已经做了八九时的工，热烈的阳光在他们的皮上像在打出火星来似的，但他们却不曾嚷腰酸叫头痛……

我们不敢否认人是万物之灵；我们却能断定人是万物之淫；

什么是现代的文明；只是一个淫的现象。

淫的代价是活力之腐败与人道之丑化。

前面是什么，没有别的，只是一张黑沉沉的大口，在我们运定的道上张上张开等着，时候到了把我们整个的吞了下去完事！

六月二十日

（原刊1923年6月24日《晨报副刊》）

一封信

"风大土大，生活干燥"这句话就像是一阵奇怪的寒风，使"我"感觉恐怖的战栗；又像是一团飘零的秋叶，使"我"的灵魂也流下悲悯的眼泪。

这句话里的情绪"绑架"了"我"，让"我"不得不去审视生活，或者摆脱这句话的影响。于是，"我"到田里去散步，看到了乌云下，吃草的小山羊，割草的小孩；"我"向窗外望，却没有星星，没有月亮，黑乎乎一片。

然而，"我"始终无法挣脱这恼人的情绪，寻不到一个与干燥脱离的生活的意象。干燥就像是生活的影子，永远跟着……"我"，只能忍耐，只能忍耐。

得到你的信，像是掘到了地下的珍藏，一样的稀罕，一样的宝贵。

看你的信，像是看古代的残碑，表面是模糊的，意致却是深微的。

又像是在尼罗河旁边幕夜，在月亮正照着金字塔的时候，梦见一个穿黄金袍服的帝王，对着我作谜语，我知道他的意思，他说："我无非是一个体面的木乃伊；"

又像是我在这重山脚下半夜梦醒时，听见松林里夜鹰的 Soprano[①]，可怜的遭人厌毁的鸟，他虽则没有子规那样天赋的妙舌，但我却懂得他的怨愤，他的理想，他的急调是他的嘲讽与咒诅；我知道他怎样的鄙蔑一切，鄙蔑光明，鄙蔑烦嚣的燕雀，也鄙弃自喜的画眉；

又像是我在普陀山发现的一个奇景；外面看是一大块岩石，但里面却早被海水蚀空，只剩罗汉头似的一个脑壳，每次海涛向这岛身搂抱时，发出极奥妙的音响，像是情话，像是咒诅，像是祈祷，在雕空的石笋、钟乳间呜咽，像大和琴的谐音在皋雪格[②]的古寺的花椽、石楹间回荡——但除非你有耐心与勇气，攀下几重的石岩，俯身下去凝神地察看与倾听，你也许永远不会想象，不必说发现这样的秘密；

---

① Soprano，女高音，或高音歌手。
② 皋雪格，英文Gothic的音译，通译哥特式。欧洲中世纪的一种建筑风格。

海滩上种花

又像是……但是我知道，朋友，你已经听够了我的比喻。也许你愿意听我自然的嗓音与不做作的语调，不愿意收受用幻想的亮箔包裹着的话，虽则，我不能不补一句，你自己就是最喜欢从一个弯曲的白银喇叭里，吹弄你的古怪的调子。

你说："风大土大，生活干燥。"这话仿佛是一阵奇怪的凉风，使我感觉一个恐怖的战栗；像一团飘零的秋叶，使我的灵魂里掉下一滴悲悯的清泪。

我的记忆里，我似乎自信，并不是没有葡萄酒的颜色与香味，并不是没有妩媚的微笑的痕迹，我想我总可以抵抗你那句灰色的语调的影响——

是的，昨天下午我在田里散步的时候，我不是分明看见两块凶恶的黑云消灭在太阳猛烈的光焰里，五只小山羊，兔子一样的白净，听着它们妈的吩咐在路旁寻草吃，三个捉草的小孩在一个稻屯前抛掷镰刀；自然的活泼给我不少的鼓舞，我对着白云里矗着的宝塔喊说我知道生命是有意趣的。

今天太阳不曾出来。一捆捆的云在空中紧紧地挨着，你的那句话碰巧又添上了几重云蒙，我又疑惑我昨天的宣言了。

我也觉得奇怪，朋友，何以你那句话在我的心里，竟像白垩涂在玻璃上，这半透明的沉闷是一种很巧妙的刑罚；我差不多要喊痛了。

五只小山羊，兔子一样的白净，听着它们妈的吩咐在路旁寻草吃，三个捉草的小孩在一个稻屯前抛掷镰刀；自然的活泼给我不少的鼓舞，我对着白云里矗着的宝塔喊说我知道生命是有意趣的。

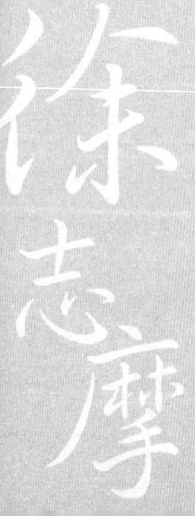

我向我的窗外望,暗沉沉的一片,也没有月亮,也没有星光,日光更不必想,他早已离别了,那边黑蔚蔚的是林子,树上,我知道,是夜鹗的寓处,树下累累的在初夜的微芒中排列着,我也知道,是坟墓,僵的白骨埋在硬的泥里,磷火也不见一星,这样的静,这样的惨,黑夜的胜利是完全的了。

我闭着眼向我的灵府里问讯,呀,我竟寻不到一个与干燥脱离的生活的意象,干燥像一个影子,永远跟着生活的脚后,又像是葱头的葱管,永远附着在生活的头顶,这是一件奇事。

朋友,我抱歉,我不能答复你的话,虽则我很想,我不是爽恺的西风,吹不散天上的云罗,我手里只有一把粗拙的泥锹,如其有美丽的理想或是希望要埋葬,我的工作倒是现成的——我也有过我的经验。

朋友,我并且恐怕,说到最后,我只得收受你的影响,因为你那句话已经凶狠地咬入我的心里,像一个有毒的蝎子,已经沉沉地压在我的心上,像一块盘陀石,我只能忍耐,我只能忍耐……

二月二十六日

(原刊1924年3月10日《小说月报》第15卷第3号)

"迎上前去"

"迎上前去"四个字很简单，也很容易理解。但是怎么来"迎上前去"，为什么要"迎上前去"的问题却是很值得讨论的。正如《晨报副刊》想要办好，就得"迎上前去"。"我"作为一个刚刚接手主持《晨报副刊》工作的文人知道自己肩上的担子很重。"我"也有决心把《晨报副刊》办好。

"我"知道，作为振兴一个拥有理想与抱负的刊物，就必须注入新的思想，让读者明白它的价值与意义。"我"便系统地介绍自己的思想、人格、学历、作风等方面。"我"知道，这是一份认真的事业。

这回我不撒谎，不打隐谜，不唱反调，不来烘托；我要说几句至少我自己信得过的话，我要痛快地招认我自己的虚实，我愿意把我的花押画在这张供状的末尾。

我要求你们大量的容许，准我在我第一天接手《晨报副刊》的时候，介绍我自己，解释我自己，鼓励我自己。

我相信真的理想主义者是受得住眼看他往常保持着的理想煨成灰，碎成断片，烂成泥，在这灰、这断片、这泥的底里，他再来发现他更伟大、更光明的理想。我就是这样的一个。

只有信生病是荣耀的人们才来不知耻的高声嚷痛；这时候他听着有脚步声，他以为有帮助他的人向着他来，谁知是他自己的灵性离了他去！真有志气的病人，在不能自己豁脱苦痛的时候，宁可死休，不来忍受医药与慈善的侮辱。我又是这样的一个。

我们在这生命里到处碰头失望，连续遭逢"幻灭"，头顶只见乌云，地下满是黑影；同时我们的年岁、病痛、工作、习惯，恶狠狠地压上我们的肩背，一天重似一天，在无形中嘲讽地呼喝着："倒，倒，你这不量力的蠢材！"因此你看这满路的倒尸，有全死的，有半死的，有爬着挣扎的，有默无声息的……嘿！生命这十字架，有几个人抗得起来？

但生命还不是顶重的担负，比生命更重实更压得死人的是思

海滩上种花

想那十字架。人类心灵的历史里能有几个天成的孟贲乌育[①]？在思想可怕的战场上我们就只有数得清有限的几具光荣的尸体。

我不敢非分地自夸；我不够狂，不够妄。我认识我自己力量的止境，但我却不能制止我看了这时候国内思想界萎瘪现象的愤懑与羞恶。我要一把抓住这时代的脑袋，问它要一点真思想的精神给我看看——不是借来的税来的冒来的描来的东西，不是纸糊的老虎，摇头的傀儡，蜘蛛网幕面的偶像；我要的是筋骨里迸出来，血液里激出来，性灵里跳出来，生命里震荡出来的真纯的思想。我不来问他要，是我的懦怯；他拿不出来给我看，是他的耻辱。朋友，我要你选定一边，假如你不能站在我的对面，拿出我要的东西来给我看，你就得站在我这一边，帮着我对这时代挑战。

我预料有人笑骂我的大话。是的，大话。我正嫌这年头的话太小了，我们得造一个比小更小的字来形容这年头听着的说话，写下印成的文字；我们得请一个想象力细致如史魏夫脱[②]（Dean Swift）的来描写那些说小话的小口，说尖话的尖嘴。一大群的食蚁兽！他们最大的快乐是忙着他们的尖喙在泥土里垦寻细微的蚂蚁。蚂蚁是吃不完的，同时这可笑的尖嘴却益发不住的向尖的方向进化，小心再隔几代连蚂蚁这食料都显太大了！

[①] 孟贲乌育，通译墨尔波墨涅，希腊神话中专司悲剧的文艺女神。在近代西方作品中，墨尔波墨涅有时用作"戏剧"的代名词。
[②] 史魏夫脱，通译斯威夫斯（1667—1745），英国作家，杰出的讽刺大师，代表作为寓言小说《格列佛游记》。

我不来谈学问，我不配，我书本的知识是真的十二分的有限。年轻的时候我念过几本极普通的中国书，这几年不但没有知新，温故都说不上，我实在是孤陋，但我却抱定孔子的一句话"知之为知之，不知为不知，是知也"，决不来强不知为知；我并不看不起国学与研究国学的学者，我十二分尊敬他们，只是这部分的工作我只能艳羡地看他们去做，我自己恐怕不但今天，竟许这辈子都没希望参加的了。外国书呢？看过的书虽则有几本，但是真说得上"我看过的"能有多少，说多一点，三两篇戏，十来首诗五六篇文章，不过这样罢了。

科学我是不懂的，我不曾受过正式的训练，最简单的物理化学，都说不明白，我要是不预备就去考中学校，十分里有九分是落第，你信不信！天上我只认识几颗大星，地上几棵大树！这也不是先生教我的；从先生那里学来的，十几年学校教育给我的，究竟有些什么，我实在想不起，说不上，我记得的只是几个教授可笑的嘴脸与课堂里强烈的催眠的空气。

我人事的经验与知识也是同样的有限，我不曾做过工；我不曾尝味过生活的艰难，我不曾打过仗，不曾坐过监，不曾进过什么秘密党，不曾杀过人，不曾做过买卖，发过一个大的财。

所以你看，我只是个极平常的人，没有出人头地的学问，更没有非常的经验。但同时我自信我也有我与人不同的地方。我不曾投降这世界。这不受它的拘束。

海滩上种花

我是一只没笼头的野马，我从来不曾站定过。我人是在这社会里活着，我却不是这社会里的一个，像是有离魂病似的，我这躯壳的动静是一件事，我那梦魂的去处又是一件事。我是一个傻子，我曾经妄想在这流动的生里发现一些不变的价值，在这打谎的世上寻出一些不磨灭的真，在我这灵魂的冒险是生命核心里的意义；我永远在无形的经验的巉岩上爬着。

冒险——痛苦——失败——失望，是跟着来的，存心冒险的人就得打算他最后的失望；但失望却不是绝望，这分别很大。我是曾经遭受失望的打击，我的头是流着血，但我的脖子还是硬的；我不能让绝望的重量压住我的呼吸，不能让悲观的慢性病侵蚀我的精神，更不能让厌世的恶质染黑我的血液。厌世观与生命是不可并存的；我是一个生命的信徒，起初是的，今天还是的，将来我敢说也是的。我决不容忍性灵的颓唐，那是最不可救药的堕落，同时却继续躯壳的存在；在我，单这开口说话，提笔写字的事实，就表示后背有一个基本的信仰，完全的没破绽的信仰；否则我何必再做什么文章，办什么报刊？

但这并不是说我不感受人生遭遇的痛创；我决不是那童呆性的乐观主义者；我决不来指着黑影说这是阳光，指着云雾说这是青天，指着分明的恶说这是善；我并不否认黑影、云雾和恶，我只是不怀疑阳光与青天与善的实在；暂时的掩蔽与侵蚀，不能使我们绝望，这正应得加倍的激动我们寻求光明的决心。前几天我觉着异常懊丧的时候无意中翻着尼采的一句话，极简单的几个字却涵有无穷的意义与强悍的力量，正如天上星斗的纵横与川的经纬，在无声中暗示你人生的奥义，祛除你的迷惘，照亮你的思路，他说"受苦的人没有悲观的权利"（The sufferer has no right to pessimism），我那时感受一种异样的惊心，一种异样的澈悟：——

> 我不辞痛苦，因为我要认识你，上帝；
> 我甘心，甘心在火焰里存身，
> 到最后那时辰见我的真，
> 见我的真，我定了主意，上帝，再不迟疑！

所以我这次从南边回来，决意改变我对人生的态度，我写信给朋友说这来要来认真做一点"人的事业"了——

> 我再不想成仙，蓬莱不是我的份；
> 我只要这地面，情愿安分地做人。

在我这"决心做人，决心做一点认真的事业"，是一个思想的大转变；因为先前我对这人生只是不调和不承认的态度，因此我与这现世界并没有什么相互的关系，我是我，它是它，它不能

海滩上种花

责备我，我也不来批评它。但这来我决心做人的宣言却就把我放进了一个有关系，负责任的地位，我再不能张着眼睛做梦，从今起得把现实当现实看：我要来察看，我要来检查，我要来清除，我要来颠扑，我要来挑战，我要来破坏。

人生到底是什么？我得先对我自己给一个相当的答案。人生究竟是什么？为什么这形形色色的，纷扰不清的现象——宗教、政治、社会、道德、艺术、男女、经济？我来是来了，可还是一肚子的不明白，我得慢慢地看古玩似的，一件件拿在手里看一个清切再来说话，我不敢保证我的话一定在行，我敢担保的只是我自己思想的忠实，我前面说过我的学识是极浅陋的，但我却并不因此自馁，有时学问是一种束缚，知识是一层障碍，我只要能信得过我能看的眼，能感受的心，我就有我的话说；至于我说的话有没有人听，有没有人懂，那是另外一件事我管不着了——"有的人身死了才出世的"，谁知道一个人有没有真的出世那一天？

是的，我从今起要迎上前去！生命第一个消息是活动，第二个消息是搏斗，第三个消息是决定；思想也是的，活动的下文就是搏斗。搏斗就包含一个搏斗的物件，许是人，许是问题，许是现象，许是思想本体。一个武士最大的期望是寻着一个相当的敌手，思想家也是的，他也要一个可以较量他充分的力量的对象，"攻击是我的本性，"一个哲学家说，"要与你的对手相当——这是一个正直的决斗的第一个条件。你心存鄙夷的时候你不能搏斗。

你占上风，你认定对手无能的时候你不应当搏斗。我的战略可以约成四个原则：——第一，我专打正占胜利的对象——在必要时我暂缓我的攻击，等他胜利了再开手；第二，我专打没有人打的对象，我这边不会有助手，我单独地站定一边——在这搏斗中我难为的只是我自己；第三，我永远不来对人的攻击——在必要时我只拿一个人格当显微镜用，借它来显出某种普遍的，但却隐遁不易踪迹的恶性；第四，我攻击某事物的动机，不包含私人嫌隙的关系，在我攻击是一个善意的，而且在某种情况下，感恩的凭证。"

　　这位哲学家的战略，我现在僭引作我自己的战略，我盼望我将来不至于在搏斗的沉酣中忽略了预定的规律，万一疏忽时我恳求你们随时提醒。我现在戴我的手套去！

（原刊1925年10月5日《晨报副刊》，收入《自剖文集》）

想 飞

"我"说，人们本来都会飞。天使们有翅膀，会飞。我们刚来世界上的时候也有翅膀，会飞。但是大多数人来了之后，竟忘了该怎么飞了；有的人的翅膀上的羽毛掉完了，退化了；有的人的翅膀被胶水黏住了，再也拉不开了；有的人的翅膀上的羽毛被剪掉了，只能鸭子一般的跳……

是不是"我"说得很离谱很荒诞呢？显然不是啦！我说的翅膀是人向往自由、和平的心灵。有了这样的心灵，我们人才能去践行理想，创造一个祥和且具有创造力的文明社会。

你觉得你能飞往那个社会吗？

假如这时候窗子外有雪——街上，城墙上，屋脊上，都是雪，胡同口一家屋檐下偎着一个戴黑兜帽的巡警，半拢着睡眼，看棉团似的雪花在半空中跳着玩……假如这夜是一个深极了的啊，不是壁上挂钟的时针指示给我们看的深夜，这深就比是一个山洞的深，一个往下钻螺旋形的山洞的深……

假如我能有这样一个深夜，它那无底的阴森捻起我遍体的毫管；再能有窗子外不住往下筛的雪，筛淡了远近间飓动的市谣；筛泯了在泥道上挣扎的车轮；筛灭了脑壳中不妥协的潜流……

我要那深，我要那静。那在树荫浓密处躲着的夜鹰，轻易不敢在天光还在照亮时出来睁眼。思想：它也得等。

青天里有一点子黑的。正冲着太阳耀眼，望不真，你把手遮着眼，对着那两株树缝里瞧，黑的，有榧子来大，不，有桃子来大——嘿，又移着往西了！

我们吃了中饭出来到海边去。（这是英国康槐尔极南的一角，三面是大西洋）。勋丽丽地叫响从我们的脚底下匀匀地往上颤，齐着腰，到了肩高，过了头顶，高入了云，高出了云。啊！你能不能把一种急震的乐音想象成一阵光明的细雨，从蓝天里冲着这平铺着青绿的地面不住的下？不，那雨点都是跳舞的小脚，安琪儿的。云雀们也吃过了饭，离开了它们卑微的地巢飞往高处做工去。上帝给它们的工作，替上帝做的工作。瞧着，这儿一只，那

海滩上种花

边又起了两！一起就冲着天顶飞，小翅膀活动得多快活，圆圆的，不踌躇地飞——它们就认识青天。一起就开口唱，小嗓子活动得多快活，一颗颗小精圆珠子直往外唾，亮亮地唾，脆脆地唾——它们赞美的是青天。瞧着，这飞得多高，有豆子大，有芝麻大，黑刺刺的一屑，直顶着无底的天顶细细地摇——这全看不见了，影子都没了！但这光明的细雨还是不住地下着……

飞。"其翼若垂天之云……背负苍天，而莫之夭阏者；"那不容易见着。我们镇上东关厢外有一座黄泥山，山顶上有一座七层的塔，塔尖顶着天。塔院里常常打钟，钟声响动时，那在太阳西晒的时候多，一枝艳艳的大红花贴在西山的鬓边回照着塔山上的云彩——钟声响动时，绕着塔顶尖，摩着塔顶天，穿着塔顶云，有一只两只，有时三只四只有时五只六只蜷着爪往地面瞧的"饿老鹰"，撑开了它们灰苍苍的大翅膀没挂恋似的在盘旋，在半空中浮着，在晚风中泅着，仿佛是按着塔院钟的波荡来练习圆舞似的。那是我做孩子时的"大鹏"。有时好天抬头不见一瓣云的时候听着猇忧忧的叫响，我们就知道那是宝塔上的饿老鹰寻食吃来了，这一想象半天里秃顶圆睛的英雄，我们背上的小翅膀骨上就仿佛豁出了一锉锉铁刷似的羽毛，摇起来呼呼响的，只一摆就冲出了书房门，钻入了玳瑁镶边的白云里玩儿去，谁耐烦站在先生书桌前晃着身子背早上的多难背的书！啊飞！不是那在树枝上矮矮地跳着的麻雀儿的飞；不是那凑天黑从堂匾后背冲出来赶蚊子吃的蝙蝠的飞；也不是那软尾巴软嗓子做窠在堂檐上的燕子的飞。要飞就得满天飞，风拦不住云挡不住的飞，一翅膀就跳过一座山头，影子下来遮得阴二十亩稻田的飞，到天晚飞倦了就来绕着那塔顶尖顺着风向打圆圈做梦……听说饿老鹰会抓小鸡！

飞。人们原来都是会飞的。天使们有翅膀，会飞，我们初来时也有翅膀，会飞。我们最初来就是飞了来的，有的做完了事还是飞了去，他们是可羡慕的。但大多数人是忘了飞的，有的翅膀上掉了毛不长再也飞不起来，有的翅膀叫胶水给胶住了，再也拉不开，有的羽毛叫人给修短了像鸽子似的只会在地上跳，有的拿背上一对翅膀上当铺去典钱使过了期再也赎不回……真的，我们一过了做孩子的日子就掉了飞的本领。但没了翅膀或是翅膀坏了不能用是一件可怕的事。因为你再也飞不回去，你蹲在地上呆望着飞不上去的天，看旁人有福气的一程一程的在青云里逍遥，那多可怜。而且翅膀又不比是你脚上的鞋，穿烂了可以再问妈要一双去，翅膀可不成，折了一根毛就是一根，没法给补的。还有，单顾着你翅膀也还不定规到时候能飞，你这身子要是不谨慎养太肥了，翅膀力量小再也拖不起，也是一样难不是？一对小翅膀驮不起一个胖肚子，那情形多可笑！到时候你听人家高声地招呼说，朋友，回去吧，趁这天还有紫色的光，你听他们的翅膀在半

海滩上种花

空中沙沙地摇响，朵朵的春云跳过来拥着他们的肩背，望着最光明的来处翩翩的，冉冉的，轻烟似的化出了你的视域，像云雀似的只留下一泻光明的骤雨——"Thou art unseen but yet I hear thy shrill delight"①——那你，独自在泥涂里淹着，够多难受，够多懊恼，够多寒伧！趁早留神你的翅膀，朋友？

是人没有不想飞的。老是在这地面上爬着够多厌烦，不说别的。飞出这圈子，飞出这圈子！到云端里去，到云端里去！哪个心里不成天千百遍的这么想？飞上天空去浮着，看地球这弹丸在大空里滚着，从陆地看到海，从海再看回陆地。凌空去看一个明白——这才是做人的趣味，做人的权威，做人的交代。这皮囊要是太重挪不动，就掷了它，可能的话，飞出这圈子，飞出这圈子！

人类初发明用石器的时候，已经想长翅膀。想飞。原人洞壁上画的四不像，它的背上掮着翅膀；拿着弓箭赶野兽的，他那肩背上也给安了翅膀。小爱神是有一对粉嫩的肉翅的。挨开拉斯②（Icarus）是人类飞行史里第一个英雄，第一次牺牲。安琪儿（那是理想化的人）第一个标记是帮助他们飞行的翅膀。那也有沿革——你看西洋画上的表现。最初像是一对小精致的令旗，蝴蝶

---

① 大意是"你无影无踪，但我仍听见你的尖声欢叫"。
② 挨开拉斯，现通译伊卡罗斯，古希腊传说中能工巧匠代达洛斯（Daedalus）的儿子。他们父子用蜂蜡粘贴羽毛做成双翼，腾空飞行。由于伊卡罗斯飞得太高，太阳把蜂蜡晒化，使他坠海而死。

似的粘在安琪儿们的背上,像真的,不灵动的。渐渐的翅膀长大了,地位安准了,毛羽丰满了。画图上的天使们长上了真的可能的翅膀。人类初次实现了翅膀的观念,彻悟了飞行的意义。挨开拉斯闪不死的灵魂,回来投生又投生。人类最大的使命,是制造翅膀;最大的成功是飞!理想的极度,想象的止境,从人到神!诗是翅膀上出世的;哲理是在空中盘旋的。飞:超脱一切,笼盖一切,扫荡一切,吞吐一切。

你上那边山峰顶上试去,要是度不到这边山峰上,你就得到这万丈的深渊里去找你的葬身地!"这人形的鸟会有一天试他第一次的飞行,给这世界惊骇,使所有的著作赞美,给他所从来的栖息处永久的光荣。"啊达文謇!

但是飞?自从挨开拉斯以来,人类的工作是制造翅膀,还是束缚翅膀?这翅膀,承上了文明的重量,还能飞吗?都是飞了来的,还都能飞了回去吗?钳住了,烙住了,压住了——这人形的鸟会有试他第一次飞行的一天吗?……

同时天上那一点子黑的已经迫近在我的头顶,形成了一架鸟形的机器,忽的机沿一侧,一球光直往下注,硼的一声炸响——炸碎了我在飞行中的幻想,青天里平添了几堆破碎的浮云。

(原刊1926年4月19日《晨报副刊》,收入《自剖文集》)

海滩上种花

"我"手里有一幅画：海滩边，一个小孩穿着草鞋，右手拿着一枝花，使劲地往沙里栽，左手提着一把浇花的水壶，壶里的水一滴滴地洒下来，不远处是翻滚着波澜的大海。

"我"觉得自己坚持的文艺信仰就像是那幅画里的花朵，而那小男孩就像是固执的"我"——"我"一心想依靠文艺传播思想，但是收效甚微。

不过，"我"的朋友却不这样认为。他说，孩子的思想是单纯的，信仰也是单纯的，他的举动是天真自然的，这就够了。我们单纯的信仰是文艺创作的源泉。

朋友是一种奢华：且不说酒肉势利，那是说不上朋友，真朋友是相知，但相知谈何容易，你要打开人家的心，你先得打开你自己的，你要在你的心里容纳人家的心，你先得把你的心推放到人家的心里去；这真心或真性情的相互的流转，是朋友的秘密，是朋友的快乐。但这是说你内心的力量够得到，性灵的活动有富余，可以随时开放，随时往外流，像山里的泉水，流向容得住你的同情的沟槽；有时你得冒险，你得花本钱，你得抵拚在巉岈的乱石间，触刺的草缝里耐心地寻路，那时候艰难，苦痛，消耗，在在是可能的，在你这水一般灵动，水一般柔顺的寻求同情的心能找到平安欣快以前。

我所以说朋友是奢华，"相知"是宝贝，但得拿真性情的血本去换，去拼。因此我不敢轻易说话，因为我自己知道我的来源有限，十分的谨慎尚且不时有破产的恐惧；我不能随便"花"。前天有几位小朋友来邀我跟你们讲话，他们的恳切折服了我，使我不得不从命，但是小朋友们，说也惭愧，我拿什么来给你们呢？

我最先想来对你们说些孩子话，因为你们都还是孩子。但是那孩子的我到哪里去了？仿佛昨天我还是个孩子，今天不知怎的就变了样。什么是孩子要不为一点活泼的天真，但天真就比是泥土里的嫩芽，天冷泥土硬就压住了它的生机——这年头问谁去要和暖的春风？

孩子是没了。你记得的只是一个不清切的影子，模糊得很，

海滩上种花

我这时候想起就像是一个瞎子追念他自己的容貌，一样的记不周全；他即使想急了拿一双手到脸上去印下一个模子来，那模子也是个死的。真的没了。一个在公园里见一个小朋友不提多么活动，一忽儿上山，一忽儿爬树，一忽儿溜冰，一忽儿干草里打滚，要不然就跳着憨笑；我看着羡慕，也想学样，跟他一起玩，但是不能，我是一个大人，身上穿着长袍，心里存着体面，怕招人笑，天生的灵活换来矜持的存心——孩子，孩子是没有的了，有的只是一个年岁与教育蛀空了的躯壳，死僵僵的，不自然的。

我又想找回我们天性里的野人来对你们说话。因为野人也是接近自然的；我前几年过印度时得到极刻心的感想，那里的街道房屋以及土人的体肤容貌，生活的习惯，虽则简，虽则陋，虽则不夸张，却处处与大自然——上面碧蓝的天，火热的阳光，地下焦黄的泥土，高矗的椰树——相调谐，情调，色彩，结构，看来有一种意义的一致，就比是一件完美的艺术的作品。也不知怎的，那天看了他们的街，街上的牛车，赶车的老头露着他的赤光的头颅与此紫姜色的圆肚，他们的庙，庙里的圣像与神座前的花，我心里只是不自在，就仿佛这情景是一个熟悉的声音的叫唤，叫你去跟着他，你的灵魂也何尝不活跳跳地想答应一声"好，我来了"，但是不能，又有碍路的挡着你，不许你回复这叫唤声启示给你的自由。困着你的是你的教育；我那时的难受就比是一条蛇摆脱不了困住他的一个硬性的外壳——野人也给压住了，永远出不来。

所以今天站在你们上面的我不再是融会自然的野人，也不是天机活灵的孩子：我只是一个"文明人"，我能说的只是"文明话"。但什么是文明只是堕落？文明人的心里只是种种虚荣的念头，他到处忙不算，到处都得计较成败。我怎么能对着你们不感觉惭愧？不了解自然不仅是我的心，我的话也是的。并且我即使有话说也没法表现，即使有思想也不能使你们了解；内里那点子性灵就比是在一座石壁里牢牢地砌住，一丝光亮都不透，就凭这双眼望见你们，但有什么法子可以传达我的意思给你们，我已经忘却了原来的语言，还有什么话可说的？

但我的小朋友们还是逼着我来说谎（没有话说而勉强说话便是谎）。知识，我不能给；要知识你们得请教教育家去，我这里是没有的。智慧，更没有了：智慧是地狱里的花果，能进地狱更能出地狱的才采得着智慧，不去地狱的便没有智慧——我是没有的。

我正发窘的时候，来了一个救星——就是我手里这一小幅画，等我来讲道理给你们听。这张画是我的拜年片，一个朋友替我制的。你们看这个小孩子在海边沙滩上独自地玩，赤脚穿着草鞋，右手提着一枝花，使劲把它往沙里栽，左手提着一把浇花的水壶，壶里水点一滴滴的往下掉着。离着小孩不远看得见海里翻动着的波澜。

海滩上种花

你们看出了这画的意思没有？

在海砂里种花。在海砂里种花！那小孩这一番种花的热心怕是白费的了。砂碛是养不活鲜花的，这几点淡水是不能帮忙的；也许等不到小孩转身，这一朵小花已经支不住阳光的逼迫，就得交卸他有限的生命，枯萎了去。况且那海水的浪头也快打过来了，海浪冲来时不说这朵小小的花，就是大根的树也怕站不住——所以这花落在海边上是绝望的了，小孩这番力量准是白花的了。

你们一定很能明白这个意思。我的朋友是很聪明的，他拿这画意来比我们一群呆子，乐意在白天里做梦的呆子，满心想在海砂里种花的傻子。画里的小孩拿着有限的几滴淡水想维持花的生命，我们一群梦人也想在现在比沙漠还要干枯比沙滩更没有生命的社会里，凭着最有限的力量，想下几颗文艺与思想的种子，这不是一样的绝望，一样的傻？想在海砂里种花，想在海砂里种花，多可笑呀！但我的聪明的朋友说，这幅小小画里的意思还不止此；讽刺不是她的目的。她要我们更深一层看。在我们看来海砂里种花是傻气，但在那小孩自己却不觉得。他的思想是单纯的，他的信仰也是单纯的。他知道的是什么？他知道花是可爱的，可爱的东西应得帮助他发长；他平常看见花草都是从地土里长出来的，他看来海砂也只是地，为什么海砂里不能长花他没有想到，也不必想到，他就知道拿花来栽，拿水去浇，只要那花在

小孩子在海边沙滩上独自的玩,赤脚穿着草鞋,右手提着一枝花,使劲把它往沙里栽,左手提着一把浇花的水壶,壶里水点一滴滴的往下掉着。

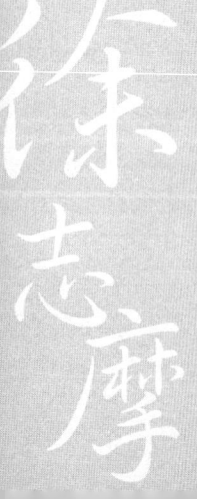

地上站直了他就欢喜，他就乐，他就会跳他的跳，唱他的唱，来赞美这美丽的生命，以后怎么样，海砂的性质，花的运命，他全管不着！我们知道小孩们怎样的崇拜自然，他的身体虽则小，他的灵魂却是大着，他的衣服也许脏，他的心可是洁净的。这里还有一幅画，这是自然的崇拜，你们看这孩子在月光下跪着拜一朵低头的百合花，这时候他的心与月光一般的清洁与花一般的美丽，与夜一般的安静。我们可以知道到海边上来种花那孩子的思想与这月下拜花的孩子的思想会得跪下的——单纯、清洁，我们可以想象那一个孩子把花栽好了也是一样来对着花膜拜祈祷——他能把花暂时栽了起来便是他的成功，此外以后怎么样不是他的事情了。

你们看这个象征不仅美，并且有力量；因为它告诉我们单纯的信心是创作的泉源——这单纯的烂漫的天真是最永久最有力量的东西，阳光烧不焦他，狂风吹不倒他，海水冲不了他，黑暗掩不了他——地面上的花朵有被摧残有消灭的时候，但小孩爱花种花这一点："真"却有的是永久的生命。

我们来放远一点看。我们现有的文化只是人类在历史上努力与牺牲的成绩。为什么人们肯努力肯牺牲？因为他们有天生的信心；他们的灵魂认识什么是真什么是善什么是美，虽则他们的肉体与智识有时候会诱惑他们反着方向走路；但只要他们认明一件事情是有永久价值的时候，他们就自然的会得兴奋，不期然的自

海滩上种花

己牺牲,要在这忽忽变动的声色的世界里,赎出几个永久不变的原则的凭证来。耶稣为什么不怕上十字架?密尔顿[①]何以瞎了眼还要做诗,贝德花芬何以聋了还要制音乐,密仡郎其罗为什么肯积受几个月的潮湿不顾自己的皮肉与靴子连成一片的用心思,为的只是要解决一个小小的美术问题?为什么永远有人到冰洋尽头雪山顶上去探险?为什么科学家肯在显微镜底下或是数目字中间研究一般人眼看不到心想不通的道理消磨他一生的光阴?

为的是这些人道的英雄都有他们不可摇动的信心;像我们在海砂里种花的孩子一样,他们的思想是单纯的——宗教家为善的原则牺牲,科学家为真的原则牺牲,艺术家为美的原则牺牲——这一切牺牲的结果便是我们现有的有限的文化。

你们想想在这地面上做事难道还不是一样的傻气——这地面还不与海砂一样不容你生根,在这里的事业还不是与鲜花一样的娇嫩?——潮水过来可以冲掉,狂风吹来可以折坏,阳光晒来可以熏焦我们小孩子手里拿着往砂里栽的鲜花,同样的,我们文化的全体还不一样有随时可以冲掉、折坏、熏焦的可能吗?巴比伦的文明现在哪里?嘭湃[②]城曾经在地下埋过千百年,克利脱的文明直到最近五六十年间才完全发现。并且有时一件事实体的存

[①] 密尔顿,通译弥尔顿(1608—1674),英国诗人、政论家,著有《失乐园》等。
[②] 嘭湃,通译庞贝,意大利那不勒斯附近的古城,约建于公元前七世纪,公元一世纪被火山湮埋,至十八世纪中叶被发掘。

在并不能证明他生命的继续。这区区地球的本体就有一千万个毁灭的可能。人们怕死不错，我们怕死人，但最可怕的不是死的死人，是活的死人，单有躯壳生命没有灵性生活是莫大的悲惨；文化也有这种情形，死的文化倒也罢了，最可怜的是勉强喘着气的半死的文化。你们如其问我要例子，我就不迟疑地回答你说，朋友们，贵国的文化便是一个喘着气的活死人！时候已经很久的了，自从我们最后的几个祖宗为了不变的原则牺牲他们的呼吸与血液，为了不死的生命牺牲他们有限的存在，为了单纯的信心遭受当时人的讪笑与侮辱。时候已经很久的了，自从我们最后听见普遍的声音像潮水似的充满着地面。时候已经很久的了，自从我们最后看见强烈的光明像彗星似的扫掠过地面，时候已经很久的了，自从我们最后为某种主义流过火热的鲜血，时候已经很久的了，自从我们的骨髓里有胆量，我们的说话里有分量。这是一个极伤心的反省！我真不知道这时代犯了什么不可赦的大罪，上帝竟狠心地赏给我们这样恶毒的刑罚？你看看去这年头到哪里去找一个完全的男子或是一个完全的女子——你们去看去，这年头哪一个男子不是阳痿，哪一个女子不是鼓胀！要形容我们现在受罪的时期，我们得发明一个比丑更丑比脏更脏比下流更下流比苟且更苟且比懦怯更懦怯的一类生字去！朋友们，真的我心里常常害怕，害怕下回东风带来的不是我们盼望中的春天，不是鲜花青草蝴蝶飞鸟，我怕他带来一个比冬天更枯槁更凄惨更寂寞的死

海滩上种花

天——因为丑陋的脸子不配穿漂亮的衣服，我们这样丑陋的变态的人心与社会凭什么权利可以问青天要阳光，问地面要青草，问飞鸟要音乐，问花朵要颜色？你问我明天天会不会放亮？我回答说我不知道，竟许不！

归根是我们失去了我们灵性努力的重心，那就是一个单纯的信仰，一点烂漫的童真！不要说到海滩去种花——我们都是聪明人谁愿意做傻瓜去——就是在你自己院子里种花你都懒怕动手哪！最可怕的怀疑的鬼与厌世的黑影已经占住了我们的灵魂！

所以朋友们，你们都是青年，都是春雷声响不曾停止时破绽出来的鲜花，你们再不可堕落了——虽则陷阱的大口满张在你的跟前，你不要怕，你把你的烂漫的天真倒下去，填平了它，再往前走——你们要保持那一点的信心，这里面连着来的就是精力与勇敢与灵感——你们再不怕做小傻瓜，尽量在这人道的海滩边种你的鲜花去——花也许会消灭，但这种花的精神是不烂的！

（原刊《落叶》，北新书局1926年6月初版）

自　剖

　　"自剖"两个字在文中可以这样理解：总结新近发生在"我"身上或者身边的事情对"我"的影响，继而追思之前的"我"是什么样子的，然后进行对比，得出一个比较合理的结论，并解决"我"的困惑的方法。

　　那么，"我"为什么要这样做呢？因为"我"周游了欧洲，带着各种新奇、想法和快乐回国，并想要在古老的中国大地上燃起一把激昂的火，但是回来后便看到了"五卅惨案"发生之后北京城笼罩在一片死亡、愤怒、号哭的鬼影里。

　　看着这场面"我"震惊了，知道事件原委后"我"沉默了——我开始怀疑文艺这条路救国的可能了……

海滩上种花

我是个好动的人；每回我身体行动的时候，我的思想也仿佛就跟着跳荡。我做的诗，不论它们是怎样的"无聊"，有不少是在行旅期中想起的。我爱动，爱看动的事物，爱活泼的人，爱水，爱空中的飞鸟，爱车窗外掣过的田野山水。星光的闪动，草叶上露珠的颤动，花须在微风中的摇动，雷雨时云空的变动，大海中波涛的汹涌，都是在在触动我感兴的情景。是动，不论是什么性质，就是我的兴趣，我的灵感。是动就会催快我的呼吸，加添我的生命。

近来却大大的变样了。第一我自身的肢体，已不如原先灵活；我的心也同样地感受了不知是年岁还是什么的拘絷。动的现象再不能给我欢喜，给我启示。先前我看着在阳光中闪烁的金波，就仿佛看见了神仙宫阙——什么荒诞美丽的幻觉，不在我的脑中一闪闪的掠过；现在不同了，阳光只是阳光，流波只是流波，任凭景色怎样的灿烂，再也照不化我的呆木的心灵。我的思想，如其偶尔有，也只似岩石上的藤萝，贴着枯干的粗糙的石面，极困难的蜒着；颜色是苍黑的，姿态是倔强的。

我自己也不懂得何以这变迁来得这样的兀突，这样的深彻。原先我在人前自觉竟是一注的流泉，在在有飞沫，在在有闪光；现在这泉眼，如其还在，仿佛是叫一块石板不留余隙的给镇住了。我再没有先前那样蓬勃的情趣，每回我想说话的时候，就觉着那石块的重压，怎么也掀不动，怎么也推不开，结果只能自安沉默！"你再不用想什么了，你再没有什么可想的了"；"你再不用开口了，你再没有什么话可说的了"，我常觉得我沉闷的心府里有这样半嘲讽半吊唁的谆嘱。

说来我思想上或经验上也并不曾经受什么过分剧烈地戟刺。我处境是向来顺的，现在如其有不同，只是更顺了的。那么为什么这变迁？远的不说，就比如我年前到欧洲去时的心境：啊！我那时还不是一只初长毛角的野鹿？什么颜色不激动我的视觉，什么香味不奋兴我的嗅觉？我记得我在意大利写游记的时候，情绪是何等的活泼，兴趣何等的醇厚，一路来眼见耳听心感的种种，哪一样不活栩栩地业集在我的笔端，争求充分的表现！如今呢？我这次到南方去，来回也有一个多月的光景，这期内眼见耳听心感的事物也该有不少。我未动身前，又何尝不自喜此去又可以有机会饱餐西湖的风色，邓尉的梅香——单提一两件最合我脾胃的事。有好多朋友也曾期望我在这闲暇的假期中采集一点江南风趣，归来时，至少也该带回一两篇爽口的诗文，给在北京泥土的空气中活命的朋友们一些清醒的消遣。但在事实上不但在南中时我白瞪着大眼，看天亮换天昏，又闭上了眼，拼天昏换天亮，一枝秃笔跟着我涉海去，又跟着我涉海回来，正如岩洞里的一根石笋，压根儿就没一点摇动的消息；就在我回京后这十来天，任凭朋友们怎样的催促，自己良心怎样的责备，我的笔尖上还是滴不出一点墨沈来。我也曾勉强想想，勉强想写，但到底还是白费！

海滩上种花

可怕是这心灵骤然的呆顿。完全死了不成?我自己在疑惑。

说来是时局也许有关系。我到京几天就逢着空前的血案。五卅事件发生时我正在意大利山中,采茉莉花编花篮儿玩,翡冷翠山中只见明星与流萤的交唤,花香与山色的温存,俗氛是吹不到的。直到七月间到了伦敦,我才理会国内风光的惨淡,等得我赶回来时,设想中的激昂,又早变成了明日黄花,看得见的痕迹只有满城黄墙上墨彩斑斓的"泣告"。

这回却不同。屠杀的事实不仅是在我住的城子里发现,我有时竟觉得是我自己的灵府里的一个惨象。杀死的不仅是青年们的生命,我自己的思想也仿佛遭着了致命的打击,比是国务院前的断脰残肢,再也不能回复生动与连贯。但这深刻的难受在我是无名的,是不能完全解释的。这回事变的奇惨性引起愤慨与悲切是一件事,但同时我们也知道在这根本起变态作用的社会里,什么怪诞的情形都是可能的。屠杀无辜,还不是年来最平常的现象。自从内战纠结以来,在受战祸的区域内,哪一处村落不曾分到过遭奸污的女性,屠残的骨肉,供牺牲的生命财产?这无非是给冤氛团结的地面上多添一团更集中更鲜艳的怨毒。再说哪一个民族的解放史能不浓浓地染着 Martyrs[①] 的腔血?俄国革命的开幕就是二十年前冬宫的血景。只要我们有识力认定,有胆量实行,我们

[①] Martyrs,英文"殉难者""烈士"(加s为复数)。

理想中的革命，这回羔羊的血就不会是白涂的。所以我个人的沉闷决不完全是这回惨案引起的感情作用。

爱和平是我的生性。在怨毒、猜忌、残杀的空气中，我的神经每每感受一种不可名状的压迫。记得前年奉直战争时我过的那日子简直是一团黑漆，每晚更深时，独自抱着脑壳伏在书桌上受罪，仿佛整个时代的沉闷盖在我的头顶——直到写下了"毒药"那几首不成形的咒诅诗以后，我心头的紧张才渐渐地缓和下去。这回又有同样的情形；只觉着烦，只觉着闷，感想来时只是破碎，笔头只是笨滞。结果身体也不舒畅，像是蜡油涂抹住了全身毛窍似的难过，一天过去了又是一天，我这里又在重演更深独坐箍紧脑壳的姿势，窗外皎洁的月光，分明是在嘲讽我内心的枯窘！

不，我还得往更深处挖。我不能叫这时局来替我思想骤然的呆顿负责，我得往我自己生活的底里找去。

平常有几种原因可以影响我们的心灵活动。实际生活的牵掣可以劫去我们心灵所需要的闲暇，积成一种压迫。在某种热烈的想望不曾得满足时，我们感觉精神上的烦闷与焦躁，失望更是颠覆内心平衡的一个大原因；较剧烈的种类可以麻痹我们的灵智，淹没我们的理性。但这些都合不上我的病源；因为我在实际生活里已经得到十分的幸运，我的潜在意识里，我敢说不该有什么压着的欲望在作怪。

但是在实际上反过来看另有一种情形可以阻塞或是减少你心

海滩上种花

灵的活动。我们知道舒服、健康、幸福，是人生的目标，我们因此推想我们痛苦的起点是在望见那些目标而得不到的时候。我们常听人说："假如我像某人那样生活无忧我一定可以好好地做事，不比现在整天的精神全花在琐碎的烦恼上。"我们又听说："我不能做事就为身体太坏，若是精神来得，那就……"我们又常常设想幸福的境界，我们想："只要有一个意中人在跟前那我一定奋发，什么事做不到？"但是不，在事实上，舒服、健康、幸福，不但不一定是帮助或奖励心灵生活的条件，它们有时正得相反的效果。我们看不起有钱人，在社会上得意人，肌肉过分发展的运动家，也正在此；至于年少人幻想中的美满幸福，我敢说等得当真有了红袖添香，你的书也就读不出所以然来，且不说什么在学问上或艺术上更认真地工作。

那么生活的满足是我的病源吗？

"在先前的日子"，一个真知我的朋友，就说："正为是你生活不得平衡，正为你有欲望不得满足，你的压在内里的Libido就形成一种升华的现象，结果你就借文学来发泄你生理上的郁结（你不常说你从事文学是一件不预期的事吗？）这情形又容易在你的意识里形成一种虚幻的希望，因为你的写作得到一部分赞许，你就自以为确有相当创作的天赋以及独立思想的能力。但你只是自冤自，实在你并没有什么超人一等的天赋，你的设想多半是虚荣，你的以前的成绩只是升华的结果。所以现在等得你生活换了样，感情上有了安顿，你就发现你向来写作的来源顿呈萎缩甚至枯竭的现象；而你又不愿意承认这情形的实在，妄想到你身子以外去找你思想枯窘的原因，所以你就不由地感到深刻的烦闷。你只是对你自己生气，不甘心承认你自己的本相。不，你原来并没有三头六臂的！

"你对文艺并没有真兴趣，对学问并没有真热心。你本来没有什么更高的志愿，除了相当合理的生活，你只配安分做一个平常人，享你命里铸定的'幸福'；在事业界，在文艺创作界，在学问界内，全没有你的位置，你真的没有那能耐。不信你只要自问在你心里的心里有没有那无形的'推力'，整天整夜地恼着你，逼着你，督着你，放开实际生活的全部，单望着不可捉摸的创作境界里去冒险？是的，顶明显的关键就是那无形的推力或是冲动（The Impulse），没有它人类就没有科学，没有文学，没有艺术，没有一切超越功利实用性质的创作。你知道在国外（国内当然也有，许没那样多）有多少人被这无形的推力驱使着，在实际生活上变成一种离魂病性质的变态动物，不但人间所有的虚荣永远沾不上他们的思想，就连维持生命的睡眠饮食，在他们都失了重要，他们全部的心力只是在他们那无形的推力所指示的特殊方向上集中应用。怪不得有人说天才是疯癫；我们在巴黎、伦敦不就到处碰得着这类怪人？如其他是一个美术家，恼着他的就只怎样可以完全表现他那理想中的形体；一个线条的准确，某种色彩的

海滩上种花

调谐，在他会得比他生身父母的生死与国家的存亡更重要，更迫切，更要求注意。我们知道专门学者有终身掘坟墓的，研究蚊虫生理的，观察亿万万里外一个星的动定的。并且他们决不问社会对于他们的劳力有否任何的认识，那就是虚荣的进路；他们是被一点无形的推力的魔鬼蛊定了的。

"这是关于文艺创作的话。你自问有没有这种情形。你也许经验过什么'灵感'，那也许有，但你却不要把刹那误认作永久的，虚幻认作真实。至于说思想与真实学问的话，那也得背后有一种推力，方向许不同，性质还是不变。做学问你得有原动的好奇心，得有天然热情的态度去做求知识的工夫。真思想家的准备，除了特强的理智，还得有一种原动的信仰；信仰或寻求信仰，是一切思想的出发点：极端的怀疑派思想也只是期望重新位置信仰的一种努力。从古来没有一个思想家不是宗教性的。在他们，各按各的倾向，一切人生的和理智的问题是实在有的；神的有无，善与恶，本体问题，认识问题，意志自由问题，在他们看来都是含逼迫性的现象，要求合理的解答——比山岭的崇高，水的流动，爱的甜蜜更真、更实在、更耸动。他们的一点心灵，就永远在他们设想的一种或多种问题的周围飞舞、旋绕，正如灯蛾之于火焰；牺牲自身来贯彻火焰中心的秘密，是他们共有的决心。

"这种惨烈的情形，你怕也没有吧？我不说你的心幕上就没有思想的影子；但它们怕只是虚影，像水面上的云影，云过影子就跟着消散，不是石上的溜痕越日久越深刻。

"这样说下来，你倒可以安心了！因为个人最大的悲剧是设想一个虚无的境界来谎骗你自己；骗不到底的时候你就得忍受'幻灭'的莫大的苦痛。与其那样，还不如及早认清自己的深浅，不要把不必要的负担，放上支撑不住的肩背，压坏你自己，还难免旁人的笑话！朋友，不要迷了，定下心来享你现成的福分吧；思想不是你的分，文艺创作不是你的分，独立的事业更不是你的分！天生抗了重担来的那也没法想（哪一个天才不是活受罪！）你是原来轻松的，这是多可羡慕，多可贺喜的一个发现！算了吧，朋友！"

三月二十五至四月一日

（原刊1926年4月3日《晨报副刊》，收入《自剖文集》）

再　剖

　　《再剖》是"我"再次想摆脱烦恼、退缩、绝望等负面情绪的自我分析，同时又是"我"主持《晨报副刊》工作的再一次表态。

　　虽然"我"把《晨报副刊》当成一只属于我的喇叭，用于吹奏"我"古怪而刺耳的音调；"我"把《晨报副刊》当成一面我的镜子，画出"我"那扭曲变形的影儿，但是你们得相信"我"已经整个儿交给了能容纳"我"的读者们；读者们心窝里的话，"我"来替你们讲；高喊读者们的思想和情绪。

　　这就是"我"，拥有信念和理想的"我"。

你们知道喝醉了想吐吐不出或是吐不爽快的难受不是？这就是我现在的苦恼；肠胃里一阵阵的作恶，腥腻从食道里往上泛，但这喉关偏跟你别扭，它捏住你，逼住你，逗着你——不，它且不给你痛快哪！前天那篇"自剖"，就比是哇出来的几口苦水，过后只是更难受，更觉着往上冒。我告你我想要怎么样。我要孤寂：要一个静极了的地方——森林的中心，山洞里，牢狱的暗室里——再没有外界的影响来逼迫或引诱你的分心，再不须计较旁人的意见，喝彩或是嘲笑；当前唯一的对象是你自己：你的思想，你的感情，你的本性。那时它们再不会躲避，不曾隐遁，不曾装作；赤裸裸地听凭你察看、检验审问。你可以放胆解去你最后的一缕遮盖，袒露你最自怜的创伤，最掩讳的私亵。那才是你痛快一吐的机会。

但我现在的生活情形不容我有那样一个时机。白天太忙（在人前一个人的灵性永远是蜷缩在壳内的蜗牛），到夜间，比如此刻，静是静了，人可又倦了，惦着明天的事情又不得不早些休息。啊，我真羡慕我台上放着那块唐砖上的佛像，他在他的莲台上瞑目坐着，什么都摇不动他那入定的圆澄。我们只是在烦恼网里过日子的众生，怎敢企望那光明无碍的境界！有鞭子下来，我们躲；见好吃的，我们唾涎；听声响，我们着忙；逢着痛痒，我们着恼。我们是鼠、是狗、是刺猬、是天上星星与地上泥土间爬着的虫。哪里有工夫，即使你有心想亲近你自己？哪里有机会，

海滩上种花

即使你想痛快地一吐？

前几天也不知无形中经过几度挣扎，才呕出那几口苦水，这在我虽则难受还是照旧，但多少总算是发泄。事后我私下觉得愧悔，因为我不该拿我一己苦闷的骨鲠，强读者们陪着我吞咽。是苦水就不免熏蒸的恶味。我承认这完全是我自私的行为，不敢望恕的。我唯一的解嘲是这几口苦水的确是从我自己的肠胃里呕出——不是去脏水桶里舀来的。我不曾期望同情，我只要朋友们认识我的深浅——（我的浅？）我最怕朋友们的容宠容易形成一种虚拟的期望；我这操刀自剖的一个目的，就在及早解卸我本不该扛上的担负。

是的，我还得往底里挖，往更深处剖。

最初我来编辑副刊，我有一个愿心。我想把我自己整个儿交给能容纳我的读者们，我心目中的读者们，说实话，就只这时代的青年。我觉着只有青年们的心窝里有容我的空隙，我要偎着他们的热血，听他们的脉搏。我要在我自己的情感里发现他们的情感，在我自己的思想里反映他们的思想。假如编辑的意义只是选稿、配版、付印、拉稿，那还不如去做银行的伙计——有出息得多。我接受编辑晨副的机会，就为这不单是机械性的一种任务。（感谢晨报主人的信任与容忍），晨报变了我的喇叭，从这管口里我有自由吹弄我古怪的不调谐的音调，它是我的镜子，在这平面上描画出我古怪的不调谐的形状。我也决不掩讳我的原形；我就是我。记得我第一次与读者们相见,就是一篇供状。我的经过,我的深浅,我的偏见,我的希望,我都曾经再三的声明,怕是你们早听厌了。但初起我有一种期望是真的——期望我自己。也不知那时间为什么原因我竟有那活棱棱的一副勇气。我宣言我自己跳进了这现实的世界,存心想来对准人生的面目认他一个仔细。我信我自己的热心(不是知识)多少可以给我一些对敌力量的。我想拼这一天,把我的血肉与灵魂,放进这现实世界的磨盘里去捱,锯齿下去拉——我就要尝那味儿!只有这样,我想才可以期望我主办的刊物多少是一个有生命气息的东西;才可以期望在作者与读者间发生一种活的关系;才可以期望读者们觉着这一长条报纸与黑的字印的背后,的确至少有一个活着的人与一个动着的心,他的把握是在你的腕上,他的呼吸吹在你的脸上,他的欢喜,他的惆怅,他的迷惑,他的伤悲,就比是你自己的,的确是从一个可认识的主体上发出来的变化——是站在台上人的姿态——不是投射在白幕上的虚影。

并且我当初也并不是没有我的信念与理想。有我崇拜的德性,有我信仰的原则。有我爱护的事物,也有我痛疾的事物。往理性的方向走,往爱心与同情的方向走,往光明的方向走,往真的方向走,往健康快乐的方向走,往生命,更多更大更高的生命方向走——这是我那时的一点"赤子之心"。我恨的是这时代的病象,什么都是病象:猜忌、诡诈、小巧、倾轧、挑拨、残杀、互

海滩上种花

杀、自杀、忧愁、作伪、肮脏。我不是医生，不会治病；我就有一双手，趁它们活灵的时候，我想，或许可以替这时代打开几扇窗，多少让空气流通些，浊的毒性的出去，清醒的洁净的进来。

但紧接着我的狂妄的招摇，我最敬畏的一个前辈（看了我的吊刘叔和文）就给我当头一棒：

……既立意来办报而且郑重宣言"决意改变我对人的态度"，那么自己的思想就得先磨冶一番，不能单凭主觉，随便说了就算完事。迎上前去，不要又退了回来！一时的兴奋，是无用的，说话越觉得响亮起劲，跳踯有力，其实即是内心的虚弱，何况说出衰颓懊丧的语气，教一般青年看了，更给他们以可怕的影响，似乎不是志摩这番挺身出马的本意！……

迎上前去，不要又退了回来！这一喝这几个月来就没有一天不在我"虚弱的内心"里回响。实际上自从我喊出"迎上前去"以后，即使不曾撑开了往后退，至少我自己觉不得我的脚步曾经向前挪动。今天我再不能容我自己这梦梦的下去。算清亏欠，在还算得清的时候，总比窝着混着强。我不能不自剖。冒着"说出衰颓懊丧的语气"的危险，我不能不利用这反省的锋刃，劈去纠着我心身的累赘、淤积，或许这来倒有自我真得解放的希望？

想来这做人真是奥妙。我信我们的生活至少是复性的。看得见，觉得着的生活是我们的显明的生活，但同时另有一种生活,跟着知识的开豁逐渐胚胎、成形、活动,最后支配前一种的生活比是我们投在地上的身影,跟着光亮的增加渐渐由模糊化成清晰,形体是不可捉的,但它自有它的奥妙的存在,你动它跟着动,你不动它跟着不动。在实际生活的匆遽中,我们不易辨认另一种无形的生活的并存,正如我们在阴地里不见我们的影子;但到了某时候某境地忽的发现了它,不容否认的踵接着你的脚跟,比如你晚间步月时发现你自己的身影。它是你的性灵的或精神的生活。你觉到你有超实际生活的性灵生活的俄顷,是你一生的一个大关键!你许到极迟才觉悟(有人一辈子不得机会),但你实际生活中的经历、动作、思想,没有一丝一屑不同时在你那跟着长成的性灵生活中留着"对号的存根",正如你的影子不放过你的一举一动,虽则你不注意到或看不见。

　　我这时候就比是一个人初次发现他有影子的情形。惊骇、讶异、迷惑、耸悚、猜疑、恍惚同时并起,在这辨认你自身另有一个存在的时候。我这辈子只是在生活的道上盲目地前冲,一时踹入一个泥潭,一时踏折一支草花,只是这无目的的宾士;从哪里来,向哪里去,现在在那里,该怎么走,这些根本的问题却从不曾到我的心上。但这时候突然的,恍然的我惊觉了。仿佛是一向跟着我形体奔波的影子忽然阻住了我的前路,责问我这匆匆的究竟是为什么!

　　一种新意识的诞生。这来我再不能盲冲,我至少得认明来

海滩上种花

踪与去迹,该怎样走法如其有目的地,该怎样准备如其前程还在遥远?

啊,我何尝愿意吞这果子,早知有这多的麻烦!现在我第一要考查明白的是这"我"究竟是怎么一回事;然后再决定掉落在这生活道上的"我"的赶路方法。以前种种动作是没有这新意识作主宰的;此后,什么都是由它。

四月五日

(原刊1926年4月7日《晨报副刊》,收入《自剖文集》)

这是风刮的

　　风很大，刮散了天上的云，刮乱了地上的土，刮烂了树上的花，刮得人眉眼睁不开。不过再大的风也不能刮灭光阴的痕迹、惆怅的人生。

　　面对着大风天，"我"的思绪也跟着呼啸了起来：今天是泰戈尔的生日，他两年前来过中国，为他的健康状况担忧；战争好像是一场巨大代价的儿戏，今天打到这里明天打到那里，破坏了庄稼，破坏了房屋，破坏了人心；曼斯菲尔德香消玉殒了，她轻盈的文字留了下来，继续跳着曼妙的舞……

　　"我"呢？继续在大风中坚持文艺这条道路吧！给自己相信！

海滩上种花

本来还想"剖"下去,但大风刮得人眉眼不得清静,别想出门,家里坐着温温旧情吧。今天(四月八日)是泰戈尔先生的生日,两年前今晚此时,阿琼达的臂膀正当着乡村的晚钟声里把契玦腊[①]围抱进热恋的中心去——多静穆多热烈的光景呀!但那晚台上与台下的人物都已星散,两年内的变动真数得上!那晚脸上搽着脂粉头顶着颤巍巍的纸金帽装"春之神"的五十老人林宗孟[②],此时变了辽河边无骸可托无家可归的一个野鬼;我们的"契玦腊"在万里外过心碎难堪的日子;银须紫袍的竺震旦[③]在他的老家里病床上呻吟衰老(他上月二十三来电给我说病好些);扮跑龙套一类的蒋百里[④]将军在湘汉间亡命似的奔波,我们的"阿琼达"又似乎回复了他十二年"独身禁欲"的誓约,每晚对着西天的暮霭发他神秘的梦想;就这不长进的"爱之神"依旧在这京尘里悠悠自得,但在这大风夜默念光阴无情的痕迹,也不免滴泪怅触!

"这是风刮的!"风刮散了天上的云,刮乱了地上的土,刮烂

---

① 阿琼达、契玦腊和下文中的"春之神""爱之神"均为泰戈尔的剧作《契玦腊》中的角色。这里叙述的是,1924年5月泰戈尔访华期间,新月社同人演出《契玦腊》一剧的情形。当时扮演阿琼达王子的是张歆海,扮演契琶腊公主的是林徽因,扮演"爱之神"的是徐志摩,扮演"春之神"的是林长民。

② 林宗孟,即林长民,号双栝老人。晚清立宪派人士,辛亥革命后曾任临时参议院和众议院秘书长,1917年任北洋政府司法总长。1926年奉系军阀张作霖与其部下郭松龄为部队指挥权发生争战。林长民在郭松龄部充任幕僚,同年12月死于溃军之中。

③ 竺震旦,泰戈尔的中文名字。

④ 蒋百里(1882—1938),早年留学日本、德国,曾任保定军官校校长。这位军界人物颇好文学,是文学研究会发起人之一。他翻译过外国文学作品,还编纂《欧洲文艺复兴史》一书。

了树上的花——它怎能不同时刮灭光阴的痕迹,惆怅是人生,人生是惆怅。

啊,还有那四年前彭德街①十号的一晚。

美如仙慧如仙的曼殊斐儿,她也完了;她的骨肉此时有芳丹薄罗②林子里的红嘴虫儿在徐徐地消受!麦雷③,她的丈夫,早就另娶,还能记得她吗?

这是风刮的!曼殊斐儿是在澳洲雪德尼④地方生长的,她有个弟弟⑤,她最心爱的,在第一年欧战时从军不到一星期就死了,这是她生时最伤心的一件事。她的日记里有很多记念他爱弟极沉痛的记载。她的小说大半是追写她早年在家乡时的情景;她的弟弟的影子,常常在她的故事里摇晃着。那篇《刮风》里的"宝健"就是,我信。

曼殊斐儿文笔的可爱,就在轻妙——和风一般的轻妙,不是大风像今天似的,是远处林子里吹来的微喟,蛱蝶似的掠过我们的鬓发,撩动我们的轻衣,又落在初蕊的丁香林中小憩,绕了几

---

① 彭德街十号,英国女作家曼斯菲尔德在伦敦的寓所。下文中的曼殊斐儿即曼斯菲尔德。
② 芳丹薄罗,通译枫丹白露,巴黎远郊的一处风景区。曼斯菲尔德1923年1月9日死于该地。
③ 麦雷,通译默里,文学批评家。这里说他是曼斯菲尔德的丈夫,不确,他们是同居关系。
④ 雪德尼,通译悉尼,澳大利亚港口城市。这里说曼斯菲尔德生长在悉尼,有误,其实她出生于新西兰的惠灵顿,来伦敦之前一直生活在那里。
⑤ 曼斯菲尔德的弟弟叫莱斯利,1915年10月在军事演习中被炸死。

海滩上种花

个弯,不提防的又在烂漫的迎春花堆里飞了出来,又到我们口角边惹剌一下,翘着尾巴歇在屋檐上的喜鹊"怯"的一声叫了,风儿它已经没了影踪。不,它去是去了,它的余痕还在着,许永远会留着:丁香花枝上的微颤,你心弦上的微颤。

但是你得留神,难得这点子轻妙的,别又叫这年生的风给刮了去!

(原刊1926年4月10日《晨报副刊》)

秋

　　以前,"我"把人比作秋天街道上的树,人的思想比作枯黄的落叶,整个人儿就像是衰败和凋零的象征性的符号,符号上还沾满了几近悲哀的味儿。

　　当然,这个比喻还有更深一层的寓意:落叶从树上掉下,可以在大地上自由自在地飘荡,正如解放了的思想自由地驰骋。最后,落叶变成了灰烬——滋养树及其他植物的养料,一年一年的都是如此,正如人的成熟需要不停地融合多元的思想和坚持不懈地努力奋斗。

　　有了视野,不断地完善自己;有了思想,不断地激励自己;有了奋斗,不断地磨炼自己……那么,实现理想还远吗?

海滩上种花

两年前，在北京，有一次，也是这么一个秋风生动的日子，我把一个人的感想比作落叶，从生命那树上掉下来的叶子。落叶，不错，是衰败和凋零的象征，它的情调几乎是悲哀的。但是那些在半空里飘摇，在街道上颠倒的小树叶儿，也未尝没有它们的妩媚，它们的颜色，它们的意味，在少数有心人看来，它们在这宇宙间并不是完全没有地位的。"多谢你们的摧残，使我们得到解放，得到自由。"它们仿佛对无情的秋风说。"劳驾你们了，把我们踹成粉，踩成泥，使我们得到解脱，实现消灭。"它们又仿佛对不经心的人们这么说。因为看着，在春风回来的那一天，这叫卑微的生命的种子又会从冰封的泥土里翻成一个新鲜的世界。它们的力量，虽则是看不见，可是不容疑惑的。

我那是感着的沉闷，真是一种不可形容的沉闷。它仿佛是一座大山，我整个的生命叫它压在底下。我那时的思想简直是毒的，我有一首诗，题目就叫《毒药》，开头的两行是——

今天不是，我唱歌的日子，我口边涎着狞恶的冷笑，不是我说笑的日子，我胸怀间插着发冷光的刀剑；

相信我，我的思想是恶毒的，因为这世界是恶毒的，我的灵魂是黑暗的，因为太阳已经灭绝了光彩，我的声调，像是坟堆里的夜枭，因为人间已经杀尽了一切的和谐，我的口音，像是冤鬼责问他的仇人，因为一切的恩已经让路一切的怨。

我借这一首不成形的咒诅的诗，发泄了成一腔的闷气，但我却并不绝望，并不悲观，在极深刻的沉闷的底里，我那时还摸着了希望。所以我在《婴儿》——那首不成形诗的最后一节——那诗的后段，在描写一个产妇在她生产的受罪中，还能含有希望的句子。

在我那时带有预言性的想象中，我想望着一个伟大的革命。因此我在那篇《落叶》的末尾，我还有勇气来对待人生的挑战，郑重地宣告一个态度，高声地喊一声"Ever lasting Yea"①。

"Everlasting Yea"；"Everlasting Yea"一年，一年，又过去了两年。这两年间我那时的想望实现了没有？那伟大的"婴儿"出世了没有？我们的受罪取得了认识与价值没有？

我不知道，我不知道。我知道的还只是那一大堆丑陋的蛮肿的沉闷，压得瘪人的沉闷，笼盖着我的思想，我的生命。它在我经络里，在我的血液里。我不能抵抗，我再没有力量。

我们靠着维持我们生命的不仅是面包。不仅是饭，我们靠着活命的，是一个诗人的话，是情爱、敬仰心、希望。"We Live by love, admiration and hope"②这话又包涵一个条件，就是说这世界这人类能承受我们的爱，值得我们的敬仰，容许我们的希望的。但现代是什么光景？人性的表现，我们看得见听得到的，到底是

---

① Everlasting Yea，意为永远持肯定态度。
② 这句话的意思见前边那句中文。

海滩上种花

怎么回事？我想我们都不是外人，用不着掩饰，实在也无从掩饰，这里没有什么人性的表现，除了丑恶、下流、黑暗。太丑恶了，我们火热的胸膛里有爱不能爱，太下流了，我们有敬仰心不能敬仰，太黑暗了，我们要希望也无从希望。

太阳给天狗吃了去，我们只能在无边的黑暗中沉默着，永远的沉默着！这仿佛是经过一次强烈的地震的。悲惨，思想、感情、人格，全给震成了无可收拾的断片，也不成系统，再也不得连贯，再也没有发现。但你们在这个时候要我来讲话，这使我感着一种异样的难受。难受，因为我自身的悲惨。难受，尤其因为我感到你们的邀请不止是一个寻常讲话的邀请，你们来邀我，当然不是要什么现成的主义，那我是外行，也不为什么专门的学识，那我是草包，你们明知我是一个诗人，他的家当，除了几座空中的楼阁，至多只是一颗热烈的心。你们邀我来也许在你们中间也有同我一样感到这时代的悲哀，一种不可解脱不能摆脱的况味，所以要我这同是这悲哀沉闷中的同志来，希冀万一，可以给你们打几个幽默的比喻，说一点笑话，给一点子安慰，有这么小小的一半个时辰，彼此可以在同情的温暖中忘却了时间的冷酷。因此我踌躇，我来怕没有什么交代，不来又于心不安。我也曾想选几个离着实际的人生较远些的事儿来和你们谈谈，但是相信我，朋友们，这念头是枉然的，因为不论你思想的起点是星光是月是蝴蝶，只一转身，又逢着了人生的基本问题，冷森森地竖着

我把一个人的感想比作落叶，从生命那树上掉下来的落叶。

徐志摩

像是几座拦路的墓碑。

不，我们躲不了它们：关于这时代人生的问号，小的、大的、歪的、正的，像蝴蝶的绕满了我们的周遭。正如在两年前它们逼迫我宣告一个坚决的态度，今天它们还是逼迫着要我来表示一个坚决的态度。也好，我想，这是我再来清理一次我的思想的机会，在我们完全没有能力解决人生问题时，我们只能承认失败。但我们当前的问题究竟是些什么？如其它们有力量压倒我们，我们至少也得抬起头来认一认我们敌人的面目。再说譬如医病，我们先得看清是什么病而后用药，才可以有希望治病。说我们是有病，那是无可置疑的。但病在哪一部，最重要的症候是什么，我们却不一定答得上。至少，各人有各人的答案，决不会一致的。就说这时代的烦闷：烦闷也不能凭空来的不是？它也得有种种造成它的原因，它到底是怎么回事、我们也得查个明白。换句话说，我们先得确定我们的问题，然后再试第二步的解决。也许在分析我们病症的研究中，某种对症的医法，就会不期然的显现。我们来试试看。

说到这里，我们可以想象一班乐观派的先生们冷眼地看着我们好笑。他们笑我们无事忙，谈什么人生，谈什么根本问题。人生根本就没有问题，这都那玄学鬼钻进了懒惰人的脑筋里在那里不相干的捣玄虚来了！做人就是做人，重在这做字上。你天性喜欢工业，你去找工程事情做去就得。你爱谈整理国故，你寻你的

海滩上种花

国故整理去就得。工作,更多的工作,是唯一的福音。把你的脑力精神一齐放在你愿意做的工作上,你就不会轻易发挥感伤主义,你就不会无病呻吟,你只要尽力去工作,什么问题都没有了。

这话初听倒是又生辣又干脆的,本来啊,有什么问题,做你的工好了,何必自寻烦恼!但是你仔细一想的时候,这明白晓畅的福音还是有漏洞的。固然这时代很多的呻吟只是懒鬼的装病,或是虚幻的想象,但我们因此就能说这时代本来是健全的,所谓病痛所谓烦恼无非是心理作用了吗?固然当初德国有一个大诗人,他的伟大的天才使他在什么心智的活动中都找到趣味,他在科学实验室里工作得厌倦了,他就跑出来带住一个女性就发迷,西洋人说的"跌进了恋爱";回头他又厌倦了或是失恋了,只一感到烦恼,或悲哀的压迫,他又赶快飞进了他的实验室,关上了门,也关上了他自己的感情的门,又潜心他的科学研究去了。在他,所谓工作确是一种救济,一种关栏,一种调剂,但我们怎能比得?我们一班青年感情和理智还不能分清的时候,如何能有这样伟大的克制的工夫?所以我们还得来研究我们自身的病痛,想法可能的补救。

并且这工作论是实际上不可能的。因为假如社会的组织,果然能容得我们各人从各人的心愿选定各人的工作并且有机会继续从事这部分的工作,那还不是一个黄金时代?"民各其业,安其生"。还有什么问题可谈的?现代是这样一个时候吗?商人能安心做他的生意，学生能安心读他的书，文学家能安心做他的文学吗？正因为这时代从思想起，什么事情都颠倒了，混乱了，所以才会发生这普通的烦闷病，所以才有问题，否则认真吃饱了饭没有事做，大家甘心自寻烦恼不成。

我们来看看我们的病症。

第一个显明的症候是混乱。一个人群社会的存在与进行是有条件的。这条件是种种体力与智力的活动的和谐的合作，在这诸种活动中的总线索，总指挥，是无形迹可寻的思想，我们简直可以说哲理的思想，它顺着时代或领着时代规定人类努力的方面，并且在可能时给它一种解释，一种价值的估定与意义的发现。思想是一个使命，是引导人类从非意识的以至无意识的活动进化到有意识的活动，这点子意识性的认识与觉悟，是人类文化史上最光荣的一种胜利，也是最透彻的一种快乐。果然是这部分哲理的思想，统辖得住这人群社会全体的活动，这社会就上了正轨；反面说，这部分思想要是失去了它那总指挥的地位，那就坏了，种种体力和智力的活动，就随时随地有发生冲突的可能，这重心的抽去是种种不平衡现象主要的原因。

现在的中国就吃亏在没有了这个重心，结果什么都豁了边，都不合式了。我们这老大国家，说也可惨，在这百年来，根本就没有思想可说。从安逸到宽松，从怠惰到着忙，从着忙到瞎闯，从瞎闯到混乱，这几个形容词我想可以概括近百年来中国的思想

海滩上种花

史——简单说,它完全放弃了总指挥的地位,没有了统系,没有了目标,没有了和谐,结果是现代的中国:一团混乱。

混乱,混乱,哪儿都是的。因为思想的无能,所以引起种种混乱的现象,这是一步。再从这种种的混乱,更影响到思想本体,使它也传染了这混乱。好比一个人因为身体软弱才受外感,得了种种的病,这病的蔓延又回过来销蚀病人有限的精力,使他变成更软弱了,这是第二步。经济,政治,社会,哪儿不是蹊跷,哪儿不是混乱?这影响到个人方面是理智与感情的不平衡,感情不受理智的节制就是意气,意气永远是浮的,浅的,无结果的;因为意气占了上风,结果是错误的活动。为了不曾辨认清楚的目标,我们的文人变成了政客,研究科学的,做了非科学的官,学生抛弃了学问的寻求,工人做了野心家的牺牲。这种种混乱现象影响到我们青年是造成烦闷心理的原因的一个。

这一个症候——混乱——又过渡到第二个症候——变态。什么是人群社会的常态?人群是感情的结合。虽则尽有好奇的思想家告诉我们人是互杀互害的,或是人的团结是基本于怕惧的本能,虽则就在有秩序上轨道的社会里,我们也看得见恶性的表现,我们还是相信社会的纪纲是靠着积极的感情来维系的。这是说在一常态社会天平上,爱情的分量一定超过仇恨的分量,互助的精神一定超过互害互杀的现象。但在一个社会没有了负有指导使命的思想的中心的情形之下,种种离奇的变态的现象,都是可能的产生了。

一个社会不能供给正常的职业时，它即使有严厉的法令，也不能禁止盗匪的横行。一个社会不能保障安全，奖励恒业恒心，结果原来正当的商人，都变成了拿妻子生命财产来做买空卖空的投机家。我们只要翻开我们的日报：就可以知道这现代的社会是常态是变态。笼统一点说，他们现在只有两个阶级可分，一个是执行恐怖的主体，强盗、军队、土匪、绑匪、政客、野心的政治家，所有得势的投机家都是的，他们实行的，不论明的暗的，直接间接都是一种恐怖主义。还有一个是被恐怖的。前一阶级永远拿着杀人的利器或是类似的东西在威吓着，压迫着，要求满足他们的私欲，后一阶级永远在地上爬着，发着抖，喊救命，这不是变态吗？这变态的现象表现在思想上就是种种荒谬的主义离奇的主张。笼统说，我们现在听得见的主义主张，除了平庸不足道的，大就是计算领着我们向死路上走的。这不是变态吗？

这种种的变态现象影响到我们青年，又是造成烦闷心理的原因的一个。

这混乱与变态的观众又协同造成了第三种的现象——一切标准的颠倒。人类的生活的条件，不仅仅是衣食住"人之异于禽兽者几希"，我们一讲到人道，就不能脱离相当的道德观念。这比是无形的空气，他的清鲜是我们健康生活的必要条件。我们不能没有理想，没有信念，我们真生命的寄托决不在单纯的衣食

海滩上种花

间。我们崇拜英雄——广义的英雄——因为在他们事业上表现的品性里，我们可以感到精神的满足与灵感，鼓舞我们更高尚的天性，勇敢地发挥人道的伟大。你崇拜你的爱人，因为她代表的是女性的美德。你崇拜当代的政治家，因为他们代表的是无私心的努力。你崇拜思想家，因为他们代表的是寻求真理的勇敢。这崇拜的含义就是标准。时代的风尚尽管变迁，但道义的标准是永远不动摇的。这些道义的准则，我们向时代要求的是随时给我们这些道义准则的具体的表现。仿佛是在渺茫的人生道上给悬着几颗照路的明星。但现在给我们的是什么？我们何尝没有热烈的崇拜心？我们何尝不在这一件那一件事上，或是这一个人物那一个人物的身上安放过我们迫切的期望。但是，但是，还用我说嘛！有哪一件事不使我们重大的迷惑，失望，悲伤？说到人的方面，哪有比普通的人格的破产更可悲悼的？在不知哪一种魔鬼主义的秋风里，我们眼见我们心目中的偶像败叶似的一个个全掉了下来！眼见一个个道义的标准，都叫丑恶的人格给沾上了不可清洗的污秽！标准是没有了的。这种种道德方面人格方面颠倒的现象，影响到我们青年，又是造成烦闷心理的原因的一个。

跟着这种种症候还有一个惊心的现象，是一般创作活动的消沉，这也是当然的结果。因为文艺创作活动的条件是和平有秩序的社会状态，常态的生活，以及理想主义的根据。我们现在却只有混乱、变态，以及精神生活的破产。这仿佛是拿毒药放进了人生的泉源，从这里流出来的思想，哪还有什么真善美的表现？

这时代病的症候是说不尽的，这是最复杂的一种病，但单就我们上面说到的几点看来，我们似乎已经可以采得一点消息，至少我个人是这么想——那一点消息就是生命的枯窘，或是活力的衰耗。我们所以得病是为我们生活的组织上缺少了思想的重心，它的使命是领导与指挥。但这又为什么呢？我的解释，是我们这民族已经到了一个活力枯窘的时期。生命之流的本身，已经是近于干涸了；再加之我们现得的病，又是直接克伐生命本体的致命症候，我们怎能受得住？这话可又讲远了，但又不能不从本原上讲起。我们第一要记得我们这民族是老得不堪的一个民族。我们知道什么东西都有它天限的寿命；一种树只能青多少年，过了这期限就得衰，一种花也只能开几度花，过此就为死（虽则从另一种看法，它们都是永生的，因为它们本身虽得死，它们的种子还是有机会继续发长）。我们这棵树在人类的树林里，已经算得是寿命极长的了。我们的血统比较又是纯粹的，就连我们的近邻西藏满蒙的民族都等于不和我们混合①。还有一个特点是我们历来因为四民制的结果，士之子恒为士，商之子恒为商，思想这任务完全为士民阶级的专利，又因为经济制度的关系，活力最充足的农民简直没有机会读书，因为士民阶级形成了一种孤单的地位。我

---

① 本文所用"民族"一词，从全文来看当指整个中华民族，但这里又单指汉民族，显然不妥。

海滩上种花

们要知道知识是一种堕落,尤其从活力的观点看,这士民阶级是特别堕落的一个阶级,再加之我们旧教育观念的偏窄,单就知识论,我们思想本能活动的范围简直是荒谬的狭小。我们只有几本书,一套无生命的陈腐的文学,是我们唯一的工具。这情形就比是本来是一个海湾,和大海是相通的,但后来因为沙地的胀起,这一湾水渐渐隔离它所从来的海,而更成了湖。这湖原先也许还承受得着几股山水的来源,但后来又经过陵谷的变迁,这部分的来源也断绝了,结果这湖又干成一只小潭,乃至一小潭的止水,长满了青苔与萍梗,纯迟迟的眼看得见就可以完全干涸了去的一个东西。这是我们受教育的士民阶级的相仿情形。现在所谓知识亦无非是这潭死水里的比较泥草松动些风来还多少吹得绉的一洼臭水,别瞧它矜矜自喜,可怜它能有多少前程?还能有多少生命?

所以我们这病,虽则症候不止一种,虽然看来复杂,归根只是中医所谓气血两亏的一种本原病。我们现在所感觉的烦闷,也只见沉浸在这一洼离死不远的臭水里的气闷,还有什么可说的?水因为不流所以滋生了草,这水草的胀性,又帮助浸干这有限的水。同样的,我们的活力因为断绝了来源,所以发生了种种本原性的病症,这些病又回过来侵蚀本源,帮助消尽这点仅存的活力。

病性既是如此,那不是完全绝望了吗?

那也不是这么容易。一棵大树的凋零,一个民族的衰歇,也不是一朝一夕的事儿。我们当然还是要命。只是怎么要法，是我们的问题。我说过我们的病根是在失去了思想的重心，那又是原因于活力的单薄。在事实上，我们这读书阶级形成了一种极孤单的状况，一来因为阶级关系它和民族里活力最充足的农民阶级完全隔绝了，二来因为畸形教育以及社会的风尚的结果，它在生活方面是极端的城市化、腐化、奢侈化、惰化，完全脱离了大自然健全的影响变成自蚀的一种蛀虫，在智力活动方面，只偏向于纤巧的浅薄的诡辩的乃至于程式化的一道，再没有创造的力量的表示，渐次的完全失去了它自身的尊严以及统辖领导全社会活动的无上的权威。这一没有了统帅，种种紊乱的现象就都跟着来了。

这畸形的发展是值得寻味的。一方面你有你的读书阶级，中了过度文明的毒，一天一天往腐化僵化的方向走，但你却不能否认它智力的发达，只因为道义标准的颠倒以及理想主义的缺乏，它的活动也全不是在正理上。就说这一堂的翩翩年少——尤其是文化最发旺的江浙的青年，十个虑有九个是弱不禁风的。但问题还不全在体力的单薄，尤其是智力活动本身是有了病，它只有毒性的载刺，没有健全的来源，没有天然的滋养。纤巧的新奇的思想不是我们需要的，我们要的是从丰满的生命与强健的活力里流露出来纯正的健全的思想，那才是有力量的思想。

同时我们再看看占我们民族十分之八九的农民阶级。他们生活的简单，脑筋的简单，感情的简单，意识的疏浅，文化的定

海滩上种花

位，几于使他们形成一种仅仅有生物作用的人类。他们的肌肉是发达的，他们是能工作的，但因为教育的不普及，他们智力的活动简直的没有机会，结果按照生物学的公例，因无用而退化，他们的脑筋简直不行的了。乡下的孩子当然比城市的孩子不灵，粗人的子弟当然比上不书香人的子弟，这是一定的。但我们现在为救这文化的性命，非得赶快就有健全的活力来补充我们受足了过度文明的毒的读书阶级不可。也有人说这读书阶级是不可救药的了，希望如其有，是在我们民族里还未经开化的农民阶级。我的意思是我们应得利用这部分未开凿的精力来补充我们开凿过分的士民阶级。讲到实施，第一得先打破这无形的阶级界限以及省分界限。通婚和婚是必要的，比较的说，广东、湖南乃至北方人比江浙人健全得多，乡下人比城里人健全得多，所以江浙人和北方人非得尽量的通婚，城市人非得与农人尽量的通婚不可。但是这话说着容易，实际上是极困难的。讲到结婚，谁愿意放弃自身的艳福，为的是渺茫的民族的前途上，哪一个翩翩的少年甘心放着窈窕风流的江南女郎不要，而去乡村找粗蠢的大姑娘作配，谁肯不就近结识血统逼近的姨妹表妹乃至于同学妹，而肯远去异乡到口音不相通的外省人中间去寻配偶？这是难的，我知道。但希望并不见完全没有——这希望完全是在教育上。第一我们得赶快认清这时代病无非是一种本原病，什么混乱的变态的现象，都无非是显示生命的缺乏。这种种病，又都就是直接克伐生命的，所以我们为要文化与思想的健全,不能不想方法开通路子,使这几洼孤立的呆定的死水重复得到天然泉水的接济,重复灵活起来,一切的障碍与淤塞自然会得消灭——思想非得直接从生命的本体里热烈地迸裂出来才有力量,才是力量。这过度文明的人种非得带它回到生命的本源上去不可,它非得重新生过根不可。按着这个目标,我们在教育上就不能不极力推广教育的机会到健全的农民阶级里去,同时奖励阶级间的通婚。假如国家的力量可以干涉到个人婚姻的话,我们仅可以用强迫的方法叫你们这些翩翩的少年都去娶乡下大姑娘子,而同时把我们窈窕风流的女郎去嫁给农民做媳妇。况且谁都知道,我们现在择偶的标准本身就是不健全的。女人要嫁给金钱、奢侈、虚荣、女性的男子;男人的口味也是同样的不妥当。什么都是不健全的,喔,这毒气充塞的文明社会!在我们理想实现的那一天,我们这文化如其有救的话,将来的青年男女一定可以兼有士民与农民的特长,体力与智力得到均平的发展,从这类健全的生命树上,我们可以盼望吃得着美丽鲜甜的思想的果子!

至于我们个人方面,我也有一部分的意见,只是今天时光局促了怕没有机会发挥,但总结一句话,我们要认清我们是什么病,这病毒是在我们一个个你我的身体上,血液里,无容讳言的。只要我们不认错了病多少总有办法。我的意见是要多多接近自然,因为自然是健全的纯正的影响,这里面有无穷尽性灵的资

海滩上种花

养与启发与灵感。这完全靠我们各个自觉的修养。我们先得要立志不做时代和时光的奴隶，我们要做我们思想和生命的主人，这暂时的沉闷决不能压倒我们的理想，我们正应得感谢这深刻的沉闷，因为在这里，我们才感悟着一些自度的消息，如我方才说的，我们还是得努力，我们还是得坚持，我们的态度是积极的。正如我两年前《落叶》的结束是喊一声Everlasting Yea，我今天还是要你们跟着我来喊一声Everlasting Yea。

（原刊《秋》，良友图书印刷公司1931年11月初版）

罗素又来说话了

"我"对罗素崇拜之至。当初,"我"就是因罗素的原因,放弃了在美国的学业,横渡大西洋来到英国。为什么"我"如此崇拜他呢?随意举几个例子便了然了!

罗素在战时主张和平,反抗战争;与执政者斗,与盲目群众斗,与癫狂的心理斗……面对失败、屈辱、不解、坐牢、离婚……不放弃,不言败。

罗素的哲学是积极向上的。他说,人生来是欢欣的,不是愁苦的;只有妨碍幸福的原因存在,生命才失去了本有的活泼的韵节;身体健康是生命的乐趣的第一条件;我们想要获得生命的乐趣,不得不返回自然……

海滩上种花

一

每次我念罗素的著作或是记起他的声音笑貌，我就联想起纽约城，尤其是吴尔吴斯①五十八层的高楼。罗素的思想言论，仿佛是夏天海上的黄昏，紫黑云中不时有金蛇似的电火在冷酷地料峭地猛闪，在你的头顶眼前隐现！

蠢入云际的高楼，不危险吗？一半个的霹雳，便可将他锤成粉屑——震的赫真江②边的青林绿草都兢兢地摇动！但是不然！

电火尽闪着，霹雳却始终不到，高楼依旧在层云中蠢着，纯金的电光，只是照出他的傲慢，增加他的辉煌！

罗素最近在他一篇论文叫作：《余闲与机械主义》（见Dial，For August，1923）③又放射了一次他智力的电闪，威吓那五十八层的高楼。

我们是踮起脚跟，在旁边看热闹的人；我们感到电闪之迅与光与劲，亦看见高楼之牢固与倔强。

---

① 吴尔吴斯，通译伍尔沃斯，纽约的一幢新古典主义风格的高楼。由建筑师吉尔伯特设计，1913年落成，当时是美国最高的建筑物，有五十二层（本文写五十八层，不确）。
② 赫真江，通译哈得逊河，美国东北的一条大河，在纽约入海。
③ 括弧内的英文是，《日晷》1923年8月号。《日晷》是美国的一家学术刊物，其编辑部于1918年从芝加哥迁到纽约，故这里有震撼纽约之说。

二

一二百年前,法国有一个怪人,名叫凡尔太①的,他是罗素的前身,罗素是他的后影;他当时也同罗素在今日一样,放射了最敏锐的智力的光电,威吓当时的制度习惯,当时的五十八层高楼。他放了半世纪冷酷的、料峭的闪电,结成一个大霹雳,到一七八九那年,把全欧的政治,连着比士梯亚②的大牢城,一起的打成粉屑。罗素还有一个前身,这个是他同种的,就是大诗人雪莱的丈人,著《女权论》的吴尔顿克辣夫脱③的丈夫,威廉古德温④,他也是个崇拜智力,崇拜理性的,他也凭着智理的神光,抨击英国当时的制度习惯,他是近代各种社会主义的一个始祖,他的霹雳,虽则没有法国革命那个的猛烈,却也打翻了不少的偶像,打倒了不少的高楼。

罗素的霹雳,要到什么时候才能轰出,不是容易可以按定的;但这不住的闪电,至少证明空中涵有蒸热的闷气,迟早总得有个发泄,疾电暴雨的种子,已经满布在云中。

---

① 凡尔太,通译伏尔泰(1694—1778),法国启蒙思想家。
② 比士梯亚,通译巴士底,14世纪至18世纪法国巴黎的国家监狱,是法国封建专制制度的象征。
③ 吴尔顿克辣夫脱,通译沃尔斯顿克拉夫特(1759—1797),以所著《女权论》闻名,在生第二个孩子(即雪莱的妻子玛丽·葛德文)时死于血中毒。
④ 威廉古德温,通译威廉·葛德文(1756—1836),英国政治家,小说家,当过牧师,因信仰无神论而放弃神职。著有《共和政体史》《社会正义》等书。

海滩上种花

三

他近年来最厌恶的对象，最要轰成粉屑的东西，是近代文明所产生的一种特别现象，与这现象所养成的一种特别心理。不错，他对于所谓西方文明，有极严重的抗议；但他却不是印度的甘地，他只反对部分，不反对全体。

他依然是未能忘情的，虽则他奖励中国人的懒惰，赞叹中国人的懦怯，慕羡中国人的穷苦——他未能忘情于欧洲真正的文化。"我愿意到中国去做一个穷苦的农夫，吃粗米，穿布衣，不愿意在欧美的文明社会里，做卖灵魂，吃人肉的事业。"这样的意思，他表示过好几次。但研究数理，大胆地批评人类；却不是卖灵魂，更不是吃人肉；所以罗素虽则爱极了中国，却还愿意留在欧洲，保存他:Honorable[①]的高贵，这并不算言行的不一致，除非我们故意的讲蛮不讲理。

When I am tempted to wish the human race wiped out by some passing comet I think of scientific knowledge and of art; those two things seem to make our existence not wholly futile[②].

[①] Honorable，尊号。
[②] 这段英文的大意是："每当我忍不住希望人类毁于某颗划过的彗星，便想到科学和艺术，这两样东西似乎证实我们的存在并非毫无意义。"

"我愿意到中国去做一个穷苦的农夫,吃粗米,穿布衣,不愿意在欧美的文明社会里,做卖灵魂,吃人肉的事业。"

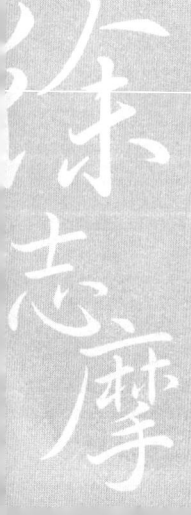

四

罗素先生经过了这几年红尘的生活——在战时主张和平,反抗战争;与执政者斗,与群众斗,与癫狂的心理斗,失败,屈辱褫夺教职,坐监,讲社会主义,赞扬苏维埃革命,入劳工党,游鲍尔雪微克①之邦,离婚,游中国,回英国,再结婚,生子,卖文为生——他对他人生的观察与揣摹,已经到了似乎成熟的(所以平和的)结论。

他对于人生并不失望;人类并不是根本要不得的,也并不是无可救度的。而且救度的方法,决计是平和的,不是暴烈的:暴烈只能产生暴烈,他看来人生本是铄亮的镜子。现在就只被灰尘盖住了;所以我们只要说擦了灰尘,人生便可回复光明的。

他以为只要有四个基本条件之存在,人生便是光明的。

第一是生命的乐趣——天然的幸福。

第二是友谊的情感。

第三是爱美与欣赏艺术的能力。

第四是爱纯粹的学问与知识。

这四个条件只要能推及平民——他相信是可以普遍的——天下就会太平,人生就有颜色。

---

① 鲍尔雪微克,通译布尔什维克。鲍尔雪微克之邦,即苏联。

海滩上种花

五

怎样可以得到生命的乐趣？他答，所有人生的现象本来是欣喜的，不是愁苦的；只有妨碍幸福的原因存在时，生命方始失去他本有的活泼的韵节。小猫追赶她自己的尾巴，鹊之噪，水之流，松鼠与野兔在青草中征逐：自然界与生物界只是一个整个的欢喜。人类亦不是例外；街上褴褛的小孩，哪一个不是快乐的。人生种种苦痛的原因，是人为的，不是天然的；可移去的，不是生根的；痛苦是不自然的现象。只要彰明的与潜伏的原始本能，能有相当的满足与调和，生活便不至于发生变态。

社会的制度是负责任的。从前的学者论政治或论社会，亦未尝不假定一分心理的基础；但心理学是个最较发达的科学，功利主义的心理假定是过于浅陋。近代心理学尤其是心理分析对于社会科学是大的贡献，就在证明人是根本的自私的动物。利他主义者只见了个表面，所以利他主义的伦理只能强人作伪，不能使人自然的为善。几个大宗教成功的秘密，就在认明这重要的一点：耶稣教说你行善你的灵魂便可升天；佛教说你修行结果你可证菩提；道教说你保全你的精气你可成仙。什么事都没有自己实在的利益彻底；什么事都起源于自觉的或不自觉的利己的动机。但同时人又是善于假借的；他往往穿着极体面的衣裳，掩盖他丑陋的原形。现在的新心理学，仿佛是一座照妖镜；不论芭蕉裹的怎样的紧结，他总耐心地去剥。现在虽然剥近，也许竟已剥到蕉心了。

所以，人类是利己的，这实在是现代政治家与社会改良家所最应认明与认定的。这个真理的暴露，并不有损人类的尊严，如其还有人未能忘情于此；并且亦不妨碍全社会享受和平与幸福的实现。认明了事实与实在，就不怕没有办法，危险就在隐匿或诡辩实在与事实。病人讳病时，便有良医也是无法可施的。现代与往代的分别，就在自觉与非自觉；社会科学的希望，就在发现从前所忽略的，误解的，或隐秘的病候。理清了病情，开明了脉案，然后可以盼望对症的药方；否则即使有偶逢的侥幸。决不能祛除病根的。

六

实际地说，身体的健康当然是生命的乐趣的第一个条件；有病的与肝旺的人，当然不能领略生命自然的意味。所以体育是重要的。但这重要也是相对的，我们如其侧重了躯体，也许因而妨碍智力的发展，像我们几个专诚尊崇运动学校的产品，蔡孑民①先生曾经说到过，也是危险的。肌肉与脑筋应受同等的注意。如果男女都有了最低限度的健康，自然的幸福便有了基础，此外只

---

① 蔡孑民，即蔡元培（1868—1940），中国近代思想家、教育家，曾任北京大学校长，对五四新文化运动有很大贡献。

海滩上种花

要社会制度有相当的宽紧性，不阻碍男女个人本能相当的满足，消极的不使发生压迫状态致有变态与反常之产生。工作是不可免的，但相当的余闲也是必要的；罗素以为将来的社会不容不工作的分子，亦不容偏重的工作，据经济学家计算，每人每日只需三四小时工作，社会即可充裕的过去，现有的生产率，一半是原因于竞争制度的糜费。

七

工业主义的一个大目标是"成功"（Success），本质是竞争，竞争所要求的是"捷效"（Efficiency）。成功，竞争，捷效，所合成的心理或人生观，便是造成工业主义，日趋自杀现象，使人道日趋机械化的原因。我们要回复生命的自然与乐趣，只有一个方法，就在打破经济社会竞争的基础，消灭成功与捷效的迷信——简言之，切近我们中国自身的问题说，就在排斥太平洋那岸过来的主义，与青年会①所代表的道德。我前天会见一个有名的报馆经理，他说，报的事情，如其你要办他个发达，真不是人做的事！又有一个忠慎勤劳的银行经理，与一个忠慎勤劳的纱厂经理，也同声地说生意真不是人做的，整天的忙不算，晚上梦里的

---

① 青年会，指基督教青年会。

心思都不得个安稳，究竟为的是什么，我们自己都不知道。这是实情。竞争的商业社会，只是萧伯纳所谓零卖灵魂的市场。我们快快地回头，也许可以超脱；再不是迷信开纱厂。此如说，发大财——要知道蕴藻滨华丽宏大的大中华的烟囱，已经好几时不出烟。我们与其崇拜新近死的北岩公爵①（他最大的功绩，就在造成同类相残的心理，摧残了数百万的生灵，他却取得了威望与金钱与不朽的荣誉）与美国的十大富豪，不如去听聂云台②先生的忏悔谈，去讲他演说托尔斯泰与甘地的真谛吧！

罗素说他自从看过中国以后，他才觉悟"累进"（Progress）与"捷效"的信仰是近代西方的大不幸。他也悟到固定的社会的好处——这是进步的反面——与惰性，或懒惰主义的妙处——这是捷效的反面——。他说："I have hopes of laziness as a gospel."③

懒惰是济世的福音！我们知道罗素所谓"懒惰"的反面不是我们农业社会之所谓勤——私人治己治家的勤是美德，永远应受奖励的——而是现代机械式的工商社会所产生无谓的慌忙与扰攘，灭绝性灵的慌忙与扰攘。这就是说，现代的社会趋向于侵蚀，终于完全剥夺合理的人生应有的余闲，这是极大的危险与悲

---

① 北岩公爵，不详。
② 聂云台（1880—1953），实业家。主要经营纺纱业，曾任上海总商会会长、全国纱厂联合会副会长。
③ 这句英文的意思是："我希望懒惰是一种准则。"gospel这个词另外可作"福音"讲，本文作者对这句话的理解似乎是"懒惰是我企望的福音"。

海滩上种花

惨。劳力的工人不必说,就是中等社会,亦都在这不幸的旋涡中急转。罗素以为,譬如就英国说,中级社会之顽,愚,嫉妒,偏执,迷信,劳工社会之残忍,愚暗,酗酒的习惯,等等,都是生活的状态失了自然的和谐的结果。

八

所以现代社会的状况,与生命自然的乐趣,是根本不能相容的。友谊的情感,是人与人,或国与国相处的必需原素,而竞争主义又是阻碍真纯同情心发展的原因。又次,譬如爱美的风尚,与普遍的艺术的欣赏,例如当年雅典或初期的罗马曾经实现过的,又不是工商社会所能容恕的。从前的技士与工人,对于他们自己独出心裁所造成的作品,有亲切真纯的兴趣;但现在伺候机器的工作,只能僵瘪人的心灵,决不能奖励创作的本能。我们只要想起英国的孟骞斯德①、利物浦;美国的芝加哥、毕次保格②、纽约;中国的上海、天津;就知道工业主义只孕育丑恶,庸俗,龌龊,罪恶,嚣厄,高烟囱与大腹贾。

又次,我们常以为科学与工业文明有不可分离的关系。是的,关系是有的;但却不是不可分离的。没有科学,就没有现代的文

---

① 孟骞斯德,通译曼彻斯特,和后文的利物浦都是英国的工业城市。
② 毕次保格,通译匹茨堡,美国的工业城市。

明；但科学有两种意义，我们应得认明：一是纯粹的科学，例如自然现象的研究，这是人类凭着智力与耐心积累所得的，罗素所谓"The most god—like thing that men can do."[①]一是科学的应用，这才是工业文明的主因。真纯的科学家，只有纯粹的知识是他的对象，他绝对不是功利主义的，绝对不问他寻求与人生有何实际的关系。孟代尔[②]（Mendel）当初在他清静的寺院培养他的豆苗，何尝想到今日农畜资本家的利用他的发明？法兰岱[③]（Faraday）与麦克士惠尔[④]（Maxwell）亦何尝想到现代的电气事业？

当初的先生们，竭尽他们一生精力，开拓人类知识的疆土，何尝料想到，照现在的状况看来，他们倒似乎变了人类的罪人；因为应用科学的成绩，就只（一）倍增了货物的产品，促成资本主义之集中；（二）制造杀人的利器；奖励同类自残的劣性；（三）设备机械性的娱乐，却掩没了美术的本能。我们再看，应用科学最发达的所在是美国；资本主义最不易摇动的所在，是美国；纯粹科学最不发达的，亦是美国；他们现在所利用的科学的发现，都不是美国人的成绩。所以功利主义的倾向，最是不利于少数的

---

① 这句英文的意思是，"最超绝的事是人们能够做"。
② 孟代尔，通译孟德尔（1822—1884），奥地利遗传学家。他于1865年提出了遗传单位（即"基因"）的概念，并阐明其遗传规律，成为这门学科的奠基人。
③ 法兰岱，通译法拉第（1791—1867），英国物理学家和化学家。他于1831年发现电磁感应现象并确定其基本定律。
④ 麦克士惠尔，通译麦克斯韦尔（1831—1879），英国物理学家。他在法拉第工作的基础上，建立了电磁场的基本方程。

聪明才智，寻求纯粹智识的努力。我们中国近来很讨论科学是否人生的福音，一般人竟有误科学为实际的工商业，以为我们若然反抗工业主义，即是反对科学本体，这是错误的。科学无非是有系统的学术与思想，这如何可以排斥；至于反抗机械主义与提高精神生活，却又是一件事了。

所以合理的人生，应有的几种原素——自然的幸福，友谊的情感，爱美与创作的奖励，纯粹知识——科学——的寻求——都是与机械式的社会状况根本不能并存的。除非转变机械主义的倾向，人生很难有希望。

九

这是我们也都看得分明的；我们亦未尝不想转变方向，但却从哪里做起呢？这才是难处。罗素先生却并不悲观。他以为这是个心理——伦理的问题，旧式的伦理，分别善恶与是非的，大都不曾认明心理的实在，而且往往侧重个人的。罗素的主张，就在认明心理的实在，而以社会的利与弊，为判定行为善恶的标准。罗素看来，人的行为只是习惯，无所谓先天的善与恶。凡是趋向于产生好社会的习惯，不论是心的或体的，就是善；反之，产生劣社会的习惯，就是恶。罗素所谓好的社会，就是上面讲的具有四种条件的社会；他所谓劣社会就是反面，因本能压迫而生的苦痛（替代自然的快乐），恨与嫉忌（替代友谊与同情）；庸俗少创作，不知爱美，与心智的好奇心之薄弱。要奖励有利全体的习惯，可以利用新心理学的发现。我们既然明白了人是根本自私自利的，就可以利用人们爱夸奖恶责罚的心理，造成一种绝对的道德（Positive Morality），就是某种的行为应受奖掖，某种的行为应受责辱。但只是折衷于社会的利益，而不是先天的假定某种行为为善，某种行为为恶。从前台湾土人有一种风俗：一个男子想要娶妻，至少须杀下一个人头，带到结婚场上；我们文明社会奖励同类自残，叫作勇敢，算是美德，岂非一样可笑？

这样以结果判别行为的伦理，就性质说，与边沁①及穆勒②父子所代表的伦理学，无甚分别；罗素自己亦说他的主张并不是新奇的，不过不论怎样平常的一个原则，若然全社会认定了他的重要，着力地实行去，就会发生可惊的功效。以公众的利益判别行为之善恶：这个原则一定，我们的教育，刑律，我们奖与责的标准，当然就有极重要的转变。

---

① 边沁（1748—1832），英国伦理学家、法学家，主张"功利原则"。
② 穆勒父子，即詹姆斯·穆勒（1773—1836）与约翰·穆勒（1806—1873），父子均为英国哲学家、经济学家。约翰·穆勒在逻辑学的归纳法研究上有特殊贡献。

海滩上种花

十

归根的说,现有的工业主义,机械主义,竞争制度,与这些现象所造成的迷信心理与习惯,都是我们理想社会的仇敌,合理的人生的障碍。现在,就中国说,唯一的希望,就在领袖社会的人,早早地觉悟,利用他们表率的地位,排斥外来的引诱,转变自杀的方向,否则前途只是黑暗与陷阱。罗素说中国人比较的入魔道最浅,在地面上可算是最有希望的民族。他说这话,是在故意地打诨,哄骗我们呢,还是的确是他观察现代文明的真知灼见?——但吴稚晖①先生曾叮嘱我们,说罗素只当我们是小孩子,他是个大滑头骗子!

(原刊1923年12月《东方杂志》第二十卷第二十三期)

---

① 吴稚晖(1866—1953),早年曾参加同盟会,办过报纸,后任国民党中央监察委员。

他的《一个新信仰的宇宙观与人生观》在二十年代颇有影响。

吊刘叔和

"我"最后见到刘叔和的时候,他已经两眼迟钝失了灵气,面色枯黄,身边竟没有一个亲人照顾他。"我"看得心寒极了。

想当初,他是一个像一窜野火一般肆意燃烧的有识之士。他那永远带着伤风的嗓音昂扬着他的理想与抱负,他那永远不平衡的肩背扛起了生活的负重。如今,他却沦落到如此不堪的地步。

他的死,"我"觉得是一种解脱。因为,我们都不知道那边的世界到底是什么样子,只希望那边是一个美好的世界。这算是安慰死者安慰生者吧!

海滩上种花

　　一向我的书桌上是不放相片的。这一月来有了两张,正对我的座位,每晚更深时就只他们俩看着我写,伴着我想;院子里偶尔听着一声清脆,有时是虫,有时是风卷败叶,有时,我想象,是我们亲爱的故世人从坟墓的那一边吹过来的消息。伴着我的一个是小,一个是"老":小的就是我那三月间死在柏林的彼得,老的是我们钟爱的刘叔和①,"老老"。彼得坐在他的小皮椅上,抿紧着他的小口,圆睁着一双秀眼,仿佛性急要妈拿糖给他吃,多活灵的神情!但在他右肩的空白上分明题着这几行小字:"我的小彼得,你在时我没福见你,但你这可爱的遗影应该可以伴我终生了。"老老是新长上几根看得见的上唇须,在他那件常穿的缎褂里欠身坐着,严正在他的眼内,和蔼在他的口颔间。

　　让我来看。有一天我邀他吃饭,他来电说病了不能来,顺便在电话中他说起我的彼得。(在襁褓时的彼得,叔和在柏林也曾见过。)他说我那篇悼儿文做得不坏;有人素来看不起我的笔墨的,他说,这回也相当的赞许了。我此时还分明记得他那天通电时着了寒发沙的嗓音!我当时回他说多谢你们夸奖,但我却觉得凄惨因为我同时不能忘记那篇文字的代价。是我自己的爱儿。过于几天适之来说:"老老病了,并且他那病相不好,方才我去看他,他说适之我的日子已经是可数的了。"他那时住在皮宗石家

---

① 刘叔和,徐志摩在美国留学时的同学,又一同去英国。他攻读经济学,1923年回国,在北京大学任教,后辞职担任《现代评论》经理。

里。我最后见他的一次,他已在医院里。他那神色真是不好,我出来就对人讲,他的病中医叫作湿瘟,并且我分明认得它,他那眼内的钝光,面上的涩色,一年前我那表兄沈叔薇弥留时我曾经见过——可怕的认识,这侵蚀生命的病征。可怜少鳏的老老,这时候病榻前竟没有温存的看护;我与他说笑:"至少在病苦中有妻子毕竟强似没妻子,老老,你不懊丧续弦不及早吗?"那天我喂了他一餐,他实在是动弹不得;但我向他道别的时候,我真为他那无告的情形不忍。(在客地的单身朋友们,这是一个切题的教训,快些成家,不过于挑剔了吧;你放平在病榻上时才知道没有妻子的悲惨!——到那时,比如叔和,可就太晚了。)

叔和没了,但为你,叔和,我却不曾掉泪。这年头也不知怎的,笑自难得,哭也不得容易。你的死当然是我们的悲痛,但转念这世上惨淡的生活其实是无可沾恋,趁早隐了去,谁说一定不是可羡慕的幸运?况且近年来我已经见惯了死,我再也不觉着它的可怕。可怕是这烦嚣的尘世:蛇蝎在我们的脚下,鬼祟在市街上,霹雳在我们的头顶,噩梦在我们的周遭。在这伟大的迷阵中,最难得的是遗忘;只有在简短的遗忘时我们才有机会恢复呼吸的自由与心神的愉快。谁说死不就是个悠久的遗忘的境界?谁说墓窟不就是真解放的进门?

但是随你怎样看法,这生死间的隔绝,终究是个无可奈何的事实,死去的不能复活,活着的不能到坟墓的那一边去探望。到

海滩上种花

绝海里去探险我们得合伙,在大漠里游行我们得结伴;我们到世上来做人,归根说,还不只是惴惴地来寻访几个可以共患难的朋友,这人生有时比绝海更凶险,比大漠更荒凉,要不是这点子友人的同情我第一个就不敢向前迈步了,叔和真是我们的一个。他的性情是不可信的温和:"顶好说话的老老";但他每当论事,却又绝对的不苟同,他的议论,在他起劲时,就比如山壑间雨后的乱泉,石块压不住它,蔓草掩不住它。谁不记得他那永远带伤风的嗓音,他那永远不平衡的肩背,他那怪样的激昂的神情?通伯①在他那篇《刘叔和》里说起当初在海外老老与傅孟真②的豪辩,有时竟连"讷讷不多言"的他,也"免不了加入他们的战队"。这三位衣常敝,履无不穿的"大贤"在伦敦东南隅的陋巷,点煤汽油灯的斗室里,真不知有多少次借光柏拉图与卢骚与斯宾塞的迷力,欺骗他们告空虚的肠胃——至少在这一点他们三位是一致同意的!但通伯却忘了告诉我们他自己每回入战团时的特别情态,我想我应得替他补白。我方才用乱泉比老老,但我应得说他是一窜野火,焰头是斜着去的;傅孟真,不用说,更是一窜野火,更猖獗,焰头是斜着来的;这一去一来就发生了不得开交的冲突。在他们最不得开交时,劈头下去了一剪冷水,两窜野火都吃了惊,暂时翳了回去。那一剪冷水就是通伯;他是出名浇冷水的圣手。

---

① 通伯,即陈源(西滢)。
② 傅孟真,即傅斯年。

船过必司该海湾的那天,天时骤然起了变化。

徐志摩

啊,那些过去的日子!枕上的梦痕,秋雾里的远山。我此时又想起初渡太平洋与大西洋时的情景了。我与叔和同船到美国,那时还不熟;后来同在纽约一年差不多每天会面的,但最不可忘的是我与他同渡大西洋的日子。那时我正迷上尼采,开口就是那一套沾血腥的字句。

我仿佛跟着查拉图斯脱拉①登上了哲理的山峰,高空的清气在我的肺里,杂色的人生横亘在我的眼下,船过必司该海湾的那天,天时骤然起了变化:岩片似的黑云一层层累叠在船的头顶,不漏一丝天光,海也整个翻了,这里一座高山,那边一个深谷,上腾的浪尖与下垂的云爪相互地纠拿着;风是从船的侧面来的,夹着铁梗似粗的暴雨,船身左右侧的倾攲着。这时候我与叔和在水发的甲板上往来地走——哪里是走,简直是滚,多强烈的震动!霎时间雷电也来了,铁青的云板里飞舞着万道金蛇,涛响与雷声震成了一片喧阗,大西洋险恶的威严在这风暴中尽情地披露了,"人生",我当时指给叔和说:"有时还不止这凶险,我们有胆量进去吗?"那天的情景益发激动了我们的谈兴,从风起直到风定,从下午直到深夜,我分明记得,我们俩在沉酣的论辩中遗忘了一切。

今天国内的状况不又是一幅大西洋的天变?我们有胆量进去

---

① 查拉图斯脱拉,德国哲学家尼采的《查拉图斯脱拉如是说》书中假托的一位古代波斯圣者。

海滩上种花

吗?难得是少数能共患难的旅伴;叔和,你是我们的一个,如何你等不得浪静就与我们永别了?叔和,说他的体气,早就是一个弱者;但如其一个不坚强的体壳可以包容一团坚强的精神,叔和就是一个例。叔和生前没有仇人,他不能有仇人;但他自有他不能容忍的对象:他恨混淆的思想,他恨腌臜的人事。他不轻易斗争;但等他认定了对敌出手时,他是最后回头的一个。叔和,我今天又走上了风雨中的甲板,我不能不悼惜我侣伴的空位!

十月十五日

(原刊1925年10月19日《晨报副刊》,收入《自剖文集》)

思考题

1. 读了《印度洋上的秋思》，你能说出徐志摩小时候的中秋夜是怎么过的？

2.《北戴河上的幻想》写的只是徐志摩的幻想吗？

3. 在徐志摩笔下，泰山日出是什么样子的？找找描写"泰山日出"的文章，比较各有什么特点？

4.《翡冷翠山居闲话》向读者阐述了做客山中的妙处，请你来说说"妙"在哪里？

5. 读了《我所知道的康桥》，请你说说康桥两边的景色。徐志摩在康桥寄托了怎样的感情？

6.《丑西湖》中，作者为什么认为西湖变丑了呢？

7. 泰戈尔来中国的原因有哪些？

8. 看了《济慈》这篇文章，你能说出济慈的《夜莺歌》的独特之处吗？

9. 拜伦为什么义无反顾地投身人类的解放事业？

10. 徐志摩在《罗曼·罗兰》中，说了哪些罗曼·罗兰认为有益的观点？请归纳总结。

11.《自剖》《再剖》两篇文章分析了徐志摩自身哪些缺点？

12. 在《秋》这篇文章中，徐志摩分析了"我们的病症"，请问我们有哪些病症呢？

13. 说说徐志摩《悼刘叔和》中的刘叔和的性格特征？